moeder,

moeder,

een bloemlezing

Samengesteld, geïllustreerd en ingeleid door

Gerda Dendooven

MEULENHOFF | MANTEAU

Moederschap	Moederziel	Moedermelk	Moederlief
Moederschaap	Moederkip	Moedermaagd	Moederhuis
Moederschip	Moederzalf	Moedermuis	Moederloos
Moederschoot	Moedervloot	Moederband	Moederland

Moederhen	Moederkind	Moederdier	Moederkerk
Moederhert	Moederkoek	Moederdag	Moederkwaal
Moederkloek	Moederzorg	Moedertaal	Moederborst
Moederhart	Moedersmart	Moederwens	Moedermens

Moeder is het hoogste goed
Zij maakt en kraakt haar kroost

Moeder is een soort apart
Het is nooit goed wat zij ook doet

Het moederscha(a)p heeft me twee keer overvallen.
Woeps, zomaar in de schoot geworpen. Een metamorfose
van tweehonderdzeventig dagen.
Negen maanden zorgen voor een abstractie, moeten houden
van wat nog niet is, leven met een parasiet. Je voelt hem wel
maar je ziet hem niet.
Een blijvend litteken om mee uit te pakken, want moederschap
is heldhaftig. Het ontlokt bewonderende kreten, het schept
verwachtingen zo groot, dat faalangst het prille geluk doet
struikelen. Een mysterieuze vanzelfsprekendheid
die begint met een sprong en eindigt in het duister,
en niet elke vrouw is er voor in de wieg gelegd.
Maar wanneer die zelfgemaakte alien je binnenstebuiten
keert, komt het besef dat je lijf, je leven, nooit meer hetzelfde
zullen zijn. Nooit meer vrij van zorgen, nooit meer alleen.
En tegelijk is moeder worden vooral afscheid nemen.
Van je vroegere zelf, en van elk kind dat uit je buik gekropen is.
Het ontglipt je schoot, je handen en je leven. Je geeft het door,
aan zichzelf en aan de wereld.
Moeders zijn doorgeefluiken, spannende doorgeefluiken in
spannende lingerie.

Ik heb dit boek bijna negen maanden laten groeien,
want ik wilde er zoveel moeder in, in zoveel variëteiten.
Rariteiten waren niet genoeg, banaliteiten evenmin.
Ik heb er nauw op toegezien dat de vrucht niet te klein
werd of te licht. Maar ook weer niet te zwaar.
En al heb ik lang en goed gezocht, ik heb niet altijd gevonden.
Met andere woorden, dit boek is zoals het vleselijke
moederschap: slechts een gooi naar perfectie,
maar dan zonder risico op jeugdtrauma's.
U zult dus verheffende gedichten lezen, een rijke oogst
mannen aan moeders, een dunne spoeling vrouwen over moeders
en een handvol mijmeringen over
het moederschap, teder en taai.
Doch... wees op uw hoede, er zit ook een andere kant
aan deze mooie moedermedaille.
Het is niet allemaal koek en heerlijkheid,
er valt veel scherps te lezen.
Moeder, is een oneindig verhaal van leven geven,
laten leven en leven laten.
Vol lof en liefde en heel veel meer.

GERDA DENDOOVEN

moeder

Een moederhart
is een ding apart,

Zorg dat je het niet met iets anders verwart

God
kon niet
overal zijn
en daarom
heeft hij
moeders
geschapen

JOODS SPREEKWOORD

(HIHIHI)

Wees gegroet (Ave Maria)

Wees gegroet Maria, vol van genade,
de Heer is met u.

Gij zijt de gezegende onder de vrouwen
en gezegend is Jezus, de vrucht van uw
schoot.

Heilige Maria, moeder van God,
bid voor ons zondaars,
nu, en in het uur van onze dood. Amen.

Zover ik weet
is er geen bar
die 'moeder' heet

FRITZ MULLER

Een moederhart

O, een moederhart, dat is een ding apart
Pas op dat je zo'n hart niet met een ander ding verwart
Een hart dat alles tart, al wordt het nog zo hard gesard
Dat is beslist een moederhart

Het hart is absoluut onmisbaar voor de bloedsomloop
En als het bloed geen omloop heeft, dan is er weinig hoop
Dus als je hart van goud is of gebroken of vervet
Je kan gewoon niet zonder en je moet derhalve met

Maar een moederhart, dat is een ding apart
Pas op dat je zo'n hart niet met een ander ding verwart
Bevat het meer dan 70 percent verkropte smart
Dan is het vast een moederhart

Men kent de hartenkreet en menig ander hartgebrek
En bij het eten krijg je wel eens hardgebakken spek
De een gaat op safari in het hart van Afrika
De ander is tevreden met een hart van chocola

Maar een moederhart, dat is een ding apart
Pas op dat je zo'n hart niet met een ander ding verwart
Het antwoord op de vraag: wie krijgt de koek en wie de gard
Dat weet alleen een moederhart

Het hart is vaat en zeker het veelzijdigste orgaan
Je kan er iets op hebben, of je drukt er iemand aan
Dan zinkt het in je schoenen en haal je het weer op
En ondertussen gaat het rustig door met zijn geklop

Maar een moederhart, dat is een ding apart
Pas op dat je zo'n hart niet met een ander ding verwart
Je ziet het aan een zilveren lepel, meestal wordt die zwart
Behalve bij een moederhart

Ja, een moederhart, dat is een ding apart
Pas op dat je zo'n hart niet met een ander ding verwart
De armen hebben darmen en de bank heeft een miljard
Maar dat is nog geen moederhart

DRS. P

moe·der ⟨de ~ (v.); -s⟩ **0.1** vrouw die één of meer kinderen heeft of gebaard heeft ⇒ *ma, mama, moe* **0.2** vrouw die als een moeder zorgt **0.3** vrouw die aan het hoofd staat van een instituut **0.4** oorsprong, bron **0.5** ⟨vaak ~⟩ enigszins bejaarde vrouw ♦ **1.1** *eerst zorgen voor zijn ~s kind* voor zichzelf; *~s mooiste* ⟨iron.⟩ een lelijkerd; *bij ~s pappot, op ~s schoot zitten* ⟨fig.⟩ niet de neiging vertonen een eigen leven te willen leiden ⟨inf.⟩ *~ de vrouw* de vrouw des huizes, de echtgenote **2.1** *de dwaze ~s* de vrouwen in dictatoriaal geregeerde landen in Zuid-Amerika die op vreedzame wijze ageren tegen de verdwijning van hun echtgenoten en kinderen **3.1** *kom op, 't is je ~ niet* ‹als iem. al te voorzichtig doet›; *~ worden* zwanger zijn; bevallen **¶.1** ⟨sprw.⟩ *zo moeder, zo dochter* zoals de een is, is de ander ook **¶.4** ⟨sprw.⟩ *voorzichtigheid* is de moeder der wijsheid/van de porseleinkast.*

moe·der·band ⟨de ~ (m.); -en⟩ **0.1** verbondenheid tussen moeder en kind **0.2** ⟨comp.⟩ oorspronkelijke magneetband.

moe·der·be·drijf ⟨het ~; -drijven⟩ **0.1** bedrijf van waaruit één of meer dochterbedrijven zijn gesticht.

moe·der·bin·ding ⟨de ~ (v.)⟩ **0.1** uit moeders bestaande verkeersbrigade.

moe·der·com·plex ⟨het ~; -en⟩ **0.1** oedipuscomplex.

Moe·der·dag ⟨de ~ (m.)⟩ **0.1** de tweede zondag in mei, waarop moeders bijzondere aandacht krijgen.

moe·der·dier ⟨het ~; -en⟩ **0.1** wijfjesdier met één of meer jongen **0.2** ⟨pej.⟩ vrouw die haar kinderen te veel verzorgt.

moe·der·en ⟨onoverg.; moederde, h. gemoederd⟩ **0.1** als een moeder zijn ♦ **6.1** *over een jonger broertje ~.*

moe·der·haard ⟨de ~ (m.); -en⟩ **0.1** kachel die fungeert als ketel van de centrale verwarming.

moe·der·huis ⟨het ~; -huizen⟩ **0.1** eerst gestichte klooster van een orde **0.2** zetel van het bestuur van een orde of congregatie.

moe·der·kerk ⟨de ~; -en⟩ **0.1** ⟨meestal met hoofdl.⟩ de rooms-katholieke kerk **0.2** hoofdkerk, waaruit andere voortgekomen zijn.

moe·der·koek ⟨de ~ (m.); -en⟩ **0.1** weefsel dat via de navelstreng de verbinding vormt tussen moeder en foetus in de baarmoeder ⇒ *placenta, nageboorte.*

moe·der·land ⟨het ~⟩ **0.1** land dat één of meer overzeese bezittingen heeft **0.2** land van oorsprong.

moe·der·lief ⟨de ~ (v.)⟩ **0.1** lieve moeder ♦ **3.1** *daar helpt geen ~ aan* ⟨fig.⟩ daar is geen ontkomen aan.

Het is niet goed, dat men prijst zijn eigen bloed
men moet niet opscheppen over zijn eigen familie
• It is not as thy mother says, but as the neighbours say

Wie een stiefmoeder heeft, mag rouwen zolang hij leeft
een stiefmoeder kan nooit de eigen moeder vervangen;
~ **Stief is nooit lief;** ~ **Als kinderen een stiefmoeder krijgen, krijgen ze ook een stiefvader**
• Qui a marâtre, a le diable en l'âtre; Qui a parâtre, a marâtre; Quand arrive la marâtre, le père devient un parâtre
• Wo eine Stiefmutter im Haus, da sieht wenig Fried' heraus; ~ Stiefmutter ist des Teufels Unterfutter; Wer eine Stiefmutter hat, der hat auch einen Stiefvater
• Take heed of a stepmother: the very name of her suffices; With the arrival of a stepmother the father becomes a stepfather

Mans moer is de duivel over de vloer *een inwonende schoonmoeder is een plaag*

Wie de dochter trouwen wil, moet de moeder vrijen
wie een meisje trouwen wil, moet zich geliefd maken bij haar moeder
• Il faut faire la cour à la mère pour avoir la fille; Qui veut avoir la fille, doit flatter la mère
• Wer die Tochter haben will, hält es mit der Mutter; Wer die Tochter will gewinnen, muß die Mutter freien (streicheln)
• He that would the daughter win, must with the mother first begin

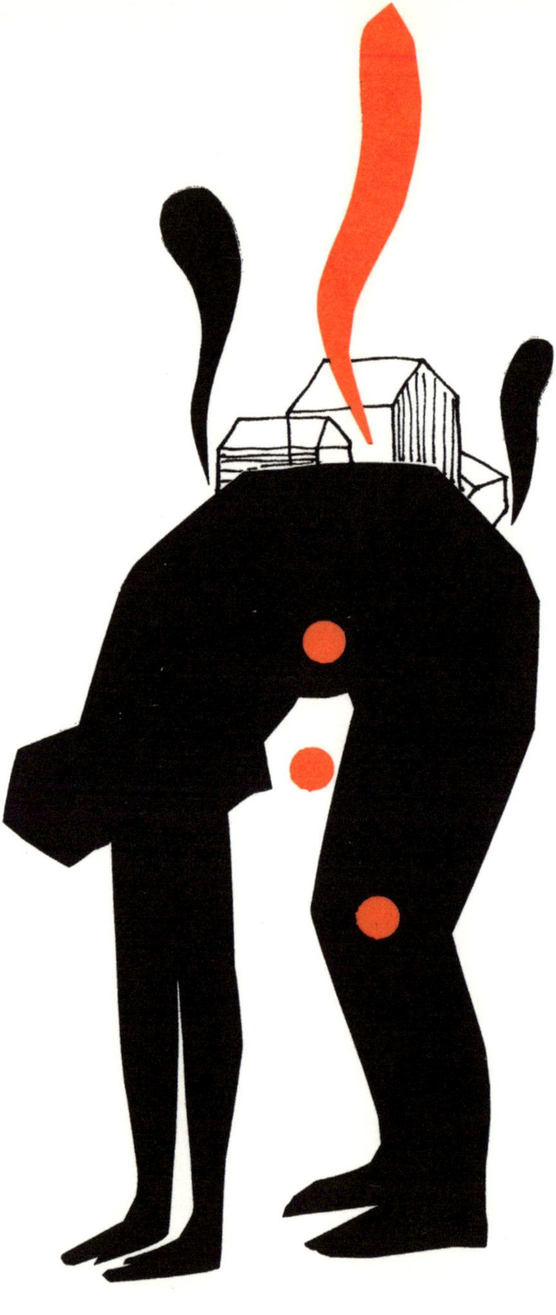

Het moederscha(a)p

Een vrouw wordt opgevuld en leeggehaald

Dagboek van een zwangere vrouw

Dinsdag 31 maart

10de week zwanger

Geen blijdschap maar alleen verschrikkelijke angst.
Alles is angst, ik kan 1000 dingen voelen die me bang maken
maar ik kan ze niet benoemen.
Ik voel me nergens thuis, ontredderd, vreemd in mijn
eigen lichaam.
Er ligt een soort van filter om me heen alsof ik het ben
die de wereld door een moederkoek bekijk.
Niets beroert me.
Ik wil dit kind niet.
En ik pers opdat er iets bloederigs zou tevoorschijn komen.
Mijn fantasie slaat op hol.
Morgen bel ik het abortuscentrum.
Als ze het eruit halen steek ik wel mijn vingers in mijn oren,
want het schijnt dat het een zuigend geluid maakt als
een stofzuiger die een kwak gele pudding opzuigt.

3de maand zwanger

Ik voel me een zoogdier.
Moeder worden heeft zo weinig met seks te maken.
Nu ik niet meer wellustig ben, of de wellust voel,
voel ik me meer dan ooit bedreigd.
Ik bereid me op het ergste voor.
Het ergste, dat is op dit moment in de steek gelaten worden.

De angst bindt me aan hem, en die band is eerder kil dan warm. De angst om afgewezen te worden. En de emotionele onrust die daaruit volgt.
Bedreigd door hem.
Het roept tegenstrijdige gevoelens op.

Het is veruit het enige dat me afschrikt.
Ontzettende behoefte aan veiligheid.
Ik erger me dood aan het beeld van gelukzaligheid die ze van elke dikbuikige vrouw ophangen. Niets daarvan.

Ik heb me intussen neergelegd bij zwangerschap en kind.
Iets fataals dat me overvalt en me rustig maakt.
Es muss sein.
Histoire d'O gelezen. Wellust, ik zou me moeten schamen.
Voel nog steeds geen beweging.

6de maand

Ik voel me steeds meer thuis in het moederschap. Ik begin er goesting in te krijgen, ben niet meer zo radeloos.
Ze beweegt in mijn buik, hier een beentje, daar een armpje, ik moet erom lachen.

9de maand

Ze is er.
Sinds vrijdagmorgen. Geen reuzenkind zoals de dokters voorspeld hadden maar een fijn hommetje. Ze heeft grote voeten, lange vingers.

Gisteren een periode afgesloten.
De wittebroodsweken, 6 weken lang vreugde en liefde in huis.
Tussen ons gaat het er minder giftig toe. Ik heb aanvaard.
Uiteindelijk.
Vervult het kind mijn leven?
Nee. Nooit gedacht en nooit gewild.
Op avonden als deze wil ik nog steeds eventjes de deur uit.
Ik wil dat die mogelijkheid blijft bestaan. Die bestaat nu niet meer.
Ik kwijt me van mijn taken zoals dat heet.
Ik geef haar eten, zorg dat ze warm blijft, lach naar haar als ze welgezind is, vloek als ze weent. Maar alles gebeurt nog steeds met een zekere marge. Ik heb niet het gevoel dat hier een levensdroom in vervulling gaat.
Ik verlang dat ze 3 dagen in een crèche blijft.
Wanneer dat moment er zal zijn zal ik haar met spijt in het hart laten gaan. In de handen van vreemden.
Er is iets veranderd. Ik leg me neer bij de rol van verzorgster.
Ik kan beter mijn eigen ambities relativeren. Het feit dat ik moeder ben is voor anderen een rol op zich. Alles wat ik daarnaast presteer is surplus en bewonderenswaardig.

ANONIEM, 1994

De jonge moeder

In een aan het stuur bevestigd zitje haar kind,
dat brabbelgeluidjes spreekt. Natuurlijk verstaat zij die,
o wat straalt haar gezicht.
Nu is het moment nabij dat zij, het trappen stakend,
haar kind een kus op het hoofd zal geven,
want welke jonge moeder kan die verleiding weerstaan
tijdens zo'n heerlijke dag, fietsend aangekomen op het
hoogste punt van een brug
met uitzicht.

PETER VAN LIER

Moeder en kind

Een moeder voelt aan haar kind,
waar het eindigt en waar het begint.
Nu maakt zij muziek er op met haar mond
en geeft het aan de lopende band
mepjes met de holle hand,
gelijk zij zich eertijds verlegen vond
bij haar man, toen die kwam
en zijn plaats in haar lichaam nam.

PIERRE KEMP

Een moeder

loopt langzaam naar haar kind om
het niet te laten schrikken,
pakt het voorzichtig op om
het niet te beschadigen,
slaat dan keihard.

RUTGER KOPLAND

De moeder

Ik heb je niet gewild, aan mij heeft 't niet gelegen
Dat je gestalte en vorm en 't leven hebt gekregen.

Ik heb je weggevloekt en in gedacht
Zag 'k jou en mij al drijven in de gracht.

Maar toen je losbrak in een rode vloed van pijnen
Voelde ik àl haat en bitterheid verdwijnen.

Je was zo klein – en in een felle dorst
Stak je je armpjes uit en tastte naar mijn borst.

Nu lig ik moe en 'k ben zo stil en trots
Alsof jij Jezus was en ik de Moeder Gods.

FREEK VAN LEEUWEN

Fragment uit Zetelzucht

Tiktiktik
Hoort u dat?
Tiktiktik, de hele tijd.
Het is geen roodborstje.
Het is hier, vanbinnen, in mijn borstje.
Het is mijn biologische klok die tikt tikt tikt.
Misschien moet ik er toch maar eens aan beginnen.
Aan een kindje.
Aan zo een proper kindje, eentje dat goed riekt.
Zo een kindje dat u het gevoel geeft geslaagd te zijn als vrouw.
Eentje om mee uit te pakken, een slim, mooi en geestig eentje.
(Zo een kindje met van die roze wangetjes, en billetjes om in te bijten,
met blauwe oogjes, en blonde krulletjes of met bruine oogjes.
Een jongetje, of liever een meisje…)
En het zou mij ook zo graag zien.
Als ik een kindje krijg moet het een schoontje zijn.
Ik zou het alle kansen geven.
Het mag meedoen aan filmaudities en fotoshoots,
ik zal het stylen met merkkledij…
Ik zou zo fier zijn.
Maar als dat kindje niet helemaal gelukt is?
Als het een beetje mislukt is dus… Als het niet mooi is
van zijn eigen…
Ja wat dan?
Dan kunnen ze daar toch wel iets aan doen zeker,
zoals op televisie. Zoals in van die ziekenhuisseries.
Oortjes vastzetten, en oogjes corrigeren, een krom knietje
rechtzetten, een dik neuzeken versmallen…
Ze kunnen zoveel tegenwoordig…

En als dat kindje niet vanzelf komt?
Dan kunnen ze dat toch ook wel oplossen,
alles is tegenwoordig toch op te lossen.
Een breuk, een verzakking, een kromming,
een verschot in de rug.
Dus ook een kinderloosheid.
Misschien moet ik mij nu al inschrijven
in zo een moederhuisserie, een bevallingreeks:
met een stralende glimlach, en met open armen
en open benen een kind de wereld in stampen,
een grootse daad stellen, bekend worden
door een perswee.
...

GERDA DENDOOVEN

A Nursery Darling

A Mother's breast:
Safe refuge from her childish fears,
From childish troubles, childish tears,
Mists that enshroud her dawning years!
See how in sleep she seems to sing
A voiceless psalm – an offering
Raised, to the glory of her King,
In Love: for Love is Rest.

A Darling's kiss:
Dearest of all the signs that fleet
From lips that lovingly repeat
Again, again, their message sweet!
Full to the brim with girlish glee,
A child, a very child is she,
Whose dream of Heaven is still to be
At Home: for Home is Bliss.

LEWIS CARROLL

Tegen de groei

Zij glijden van mijn schoot
de wereld in, met roeiboten,
trompetten. Stuifzand en
hapering. Hun stemmen

schieten weg, lichaam te
groot voor mijn versmalde
arm komt te nabij. Zij worden
te intieme vrienden. Sinds zij

groeiden ga ik op verdoofde
voeten door een grijs en windstil
land. De hete messen van
verlies kerven in elke hand.

ANNA ENQUIST

Een menigte

Verbaasd merkte de moeder
dat zij een menigte werd.

Binnen enkele dagen was het
gebeurd, bleek zij uiteengevallen
in een waaier van vrouwen.

De weerloos-blije liep daar
van haar geheugen te genieten;

de verslagene, die snel op weg
wilde naar welke dood dan ook;

de trieste die er niets van begreep,
die alleen zachte vlindervleugels

tegen de wangen van het kind
zag slaan, onophoudelijk. Rond

het groepje stormde de furie,
pamfletten en woedende brieven

in de handen. Achteraan ging
de wanhoopsmoeder die al maanden
de kapper niet had gezien.

Hoe hen te hoeden, te zorgen dat elk
de voeten in dezelfde richting sleept?

Ons is iets overkomen, kan ze zeggen,
wij zijn de menigte die moeder heet.

En zij die in de verte aan het water
staat, en wenkt, is een van ons.

ANNA ENQUIST

Poëtisch

Een vrouw wordt opgevuld en leeggehaald

af en toe
kan ze ook poëtisch zijn
wanneer de kinderen
tussen vogels en vlinders
de laan zijn uitgestuurd

om in haar kookpan
een hartig
gedicht te bereiden

JO GISEKIN

Weet je het nog: het nauw van Calais?

Toen ik hier nog niet zo lang woonde
en de eerste baby amper wat geluidjes
maakte in zijn witte wieg
vond ik het keukenraam te smal
om vèr te kunnen kijken.
Vandaag scheen me de witte tuin
een wijds geval, met zoveel leegte
na het opruimen van blokken.
Een kwestie van gezichtsveld:
het lijkt soms of een
vrouw na jaren
bovenaan steeds nauwer
onderaan steeds breder wordt.

PATRICIA LASOEN

Moeder dicht

Mijn bladerloze schaduw mijdt het water
Ziezo hè hè, de eerste regel staat er.
en speurt de witte angst van eeuwen later
Ga weg! Ga spelen met je transformator!
Je ziet toch dat je moeder zit te dichten.
ik wend mij af en doof mijn vale lichten
ik heb tedúm tedúm tedúm *geweten*
Dat vul ik later in. Na 't middageten.
mijn weemoed maakt de koele vlinders wakker
van mijn getooide zelf. Daar is de bakker!
Zeg maar: een halfje bruin en een heel wit.
o grijze schim die daar zo heilloos zit
ik zie mijn grijze droefheid aan de kim
Da's tweemaal grijs. Dat kan niet. *naakte schim*
aan wie ik al mijn zachte treurnis zeg
En nog een rol beschuit! O is ie weg?
als dauw die druppelt van de trage bomen
Als jij nog één keer binnen durft te komen,
dan krijg je geen vanillevla vanavond!
zo druppelt in dit hart te zeer gehavend
Je moeder dicht. Ze heeft geen tijd, totaal niet.
Als vader thuiskomt gaat het helemaal niet.
Je moeder zou een Shakespeare kunnen zijn.
Ze is het niet. Dat komt door jouw gedrein.
Daar gaat ie weer. *O* humtum *klaar en koel*
in 't land van late regen en ik voel
mijn schamelheid. Een heer met een kwitantie?
Zeg maar: m'n moeder is met kerstvakantie.
mijn schamelheid. Wat is dat? Hoofdje zeer?

M'n schatje toch... Gevallen met je beer?
Je moeder komt... na na... daar is ze al.
Wees nou maar zoet – 't genie staat weer op stal.

ANNIE M.G. SCHMIDT

Abah abortus

het oude wiegje staat al klaar
ik kijk er steeds vertederd naar
en hoop dat ook mijn achtste kind
het een behaaglijk nestje vindt
zo prepareer ik stap voor stap
mij weer op 't heilig moederschap
niets evenaart die gouden glans
en toch, er zijn veel vrouwen thans
die naar 't moderne spraakgebruik
baas willen zijn in eigen buik
en 't leventje, dat in hen groeit
wordt onverschillig weggesnoeid
oh, als ik denk aan zo'n harpij
ontsnapt een kreet van afschuw mij

abah abah abortus
wat laag en wat gemeen
abah abah abortus
voor ik mij daartoe leen
ik krijg er liever negentien
eer ze mij bij Stimezo zien
al bood men mij ook gratis
een abortus, een abortus
al bood men mij ook gratis
een abortus provocatus

ik zeg maar zo: er is een grens
men doodt geen ongeboren mens
dat is al haast een zuigeling

zo'n heerlijk mollig knuffelding
dat, aan de moederborst, gedrenkt
genot beleeft, maar het ook schenkt
het is wat anders als een kind
brutaal met kattenkwaad begint
die kleuters van een jaar of drie
o, onuitstaanbaar vind ik die
met hun getreiter en geplaag
ik geef ze steeds de volle laag
zoals nog onlangs kleine Fiet
maar een abortus, nee, dat niet

abah abah abortus
afstoot'lijk visioen
abah abah abortus
hoe kan men zoiets doen
ik ben toch werkelijk niet flauw
maar ik begrijp niet hoe een vrouw
tot zoiets mins in staat is

als abortus, als abortus
tot zoiets mins in staat is
als abortus provocatus

ik had het over kleine Fiet
ze kreeg haar zin, dat stuk verdriet
steeds zat ze in de suikerpot
het werd tenslotte echt te zot
toen heb ik vlug de bijl gepakt

en haar de schedel ingehakt
en vorig jaar was 't kleine Peer
wat deed die bengel ook alweer
op 't vloerkleed plassen, heb je ooit!
ik heb hem in de vaart gegooid
en ik dacht blij en opgelucht:
daar drijft een peer, en toch geen vrucht
nee, dat zou onbehoorlijk zijn
een vrucht afdrijven is niet fijn

abah abah abortus
dat is niet in de haak
abah abah abortus
een dubieuze zaak
't getuigt toch wel van euv'le moed
dat men de laatste tijd zelfs doet
alsof de mens gebaat is
bij abortus, bij abortus
alsof de mens gebaat is
bij abortus provocatus

mijn man staat vierkant achter mij
o, dol op kinderen is hij
niet enkel baby's, lief en klein
nee, ook als ze al ouder zijn
dat geeft wel eens onenigheid
zoals met Krisje indertijd
met Hansje, Fransje, kleine Trees
Marliesje, en vooral Jan-Kees

die 'k heb vermorzeld met een kei
dat vond hij zielig, maar ik zei:
'he Wim, die niet zo lichtgeraakt
er is er zo een bijgemaakt
kom, geef me nu maar vlug een zoen
bedenk toch eens wat and'ren doen!'

abah abah abortus
ik deed het voor geen goud
abah abah abortus
het is volkomen fout
pas als een vrouw haar kostbare vracht
intact ter wereld heeft gebracht
dan kan ze er, al naar haar gril
mee doen en laten wat ze wil
maar niets dat groter kwaad is
dan abortus, dan abortus
nee, niets dat groter kwaad is
dan abortus provocatus

GUUS VLEUGEL

Wiegelied

Wie zal er ons kindje douwen,
En doet het zijn moedertje niet?
Wie zal er zijn dekentjes vouwen
Dat 't schaars door een holletje ziet?
Kleine, kleine,
Moedertje alleen,
Douw-douw-douwderideine,
Kleine, kleine,
Moedertje alleen,
Kan van uw wiegje niet scheên*!

Wie zal naar ons kindje kijken,
Die blozende stoute kapoen?
Wie zal er zijn hemdjes strijken,
Zijn haartje in krulletjes doen?
Kleine, kleine,
Moedertje alleen,
Douw-douw-douwderideine,
Kleine, kleine,
Moedertje alleen,
Kan van uw wiegje niet scheên!

Wie zou voor ons kindje derven,
Haar laatste kruimeltje brood?
Wie zou er, wie zou er voor sterven,
En lachen op kind en op dood?
Kleine, kleine,
Moedertje alleen,
Douw-douw-douwderideine,

Kleine, kleine,
Moedertje alleen,
Kan van uw wiegje niet scheên!...

*SCHEŹN: SCHEIDEN

Over tijd

Ik zei dokter, zei ik, dokter,
maar dat kan niet, zei ik, dokter,
'k ben alleen wat over tijd.
Tja, maar toch, het is een feit.

Ik zei dokter, luister even,
't komt me niet zo goed gelegen.
Zijn er dan geen middelen tegen?
Een of ander medicijn?
Nee, dat zou misdadig zijn.

Ik zei dokter, zei ik, dokter,
dokter van die éne keer?
Dat is uitgesloten dokter.
Tja, maar dat gebeurt wel meer.

U moet trouwen, zei de dokter,
heel gauw trouwen, zei de dokter,
da's 't middel tegen 't kwaad.
Maar dat kán niet, zei ik, dokter.
Tja, dan ben ik uitgepraat.

'k Weet niet eens hoe of die heette,
ja, z'n voornaam dat was Piet
en hij had een blauwe pet op,
verder kende ik hem niet.

Ik zei dokter, zei ik, dokter,
't is zo'n kleine ingreep, dokter.
't Spijt me, nee en nog eens nee,
nee daar doe ik niet aan mee.
Zo en gaat u nu maar gauw,
dag juffrouw.

Over tijd –
twee woorden die je pas beseft
op het moment dat het je treft.
Over tijd –
de angst en de verslagenheid
en 't zelfverwijt.
Over tijd.

Wat dat betekent weet een vrouw alleen.
Dat hebben we dan met elkaar gemeen.
Door onwetendheid,
onervarenheid,
over tijd.

En daar sta je dan alleen,
en daar sta je dan op straat,
maar de vrouwen om je heen
geven je gelukkig raad:

achter op de motor rijden
over hobbelige keien.
Aldoor van de trap afglijden
op je billen, tree voor tree
honderd keren naar benee.
Hete thee met aspirine.
En kinine en kinine.
Nee aluin, aluin, aluin.
Rollebollen van het duin.
Mosterdbaden, mosterdbaden.
Springen van de balustrade.

Bukken, bukken, alsmaar bukken
op je hurken en dan drukken,
heus, dat wil nog wel eens lukken.
Wasbenzine, wasbenzine.
En kinine en kinine.
Knieën buigen, knieën buigen
en op motteballen zuigen
en dan na de motteballen
van de keukentrap af vallen.
En gaan skiën en gaan skiën.
Je moet bidden op je knieën.
Bidden tot de Lieve Heer,
ook dat helpt wel eens een keer.
Grenadine met morfine.
En kinine en kinine.
Lopen, rennen, vliegen, draven.
Pak een schop en ga maar graven,
werken op de boerderij,
zwoegen, spitten in de klei.
Rijen op een dorsmachine.
En kinine en kinine.
Nee aluin, aluin, aluin.
In de tuin, in de tuin.
Dansen dansen sjarleston.
Touwtje springen in de zon.
In een bad van honderd graden.
Mosterdbaden, mosterdbaden.
Maar wat je doet, het blijft een feit
het helpt geen sodemieter, meid.

Ik weet ergens een adres
in een zijstraat van de Nes
die het met de zeepspuit doet.
'n Enkel keertje gaat het goed
en ze zeggen 't is een goeie,
maar het blijft natuurlijk knoeien,
meestal helpt dat ook geen pest.

Ik weet ook nog een adres
en dat lukt nog wel het vaakste,
't is een echte engeltjesmaakster.
Ja, toen bij m'n nichtje Lot
hielp het, maar zij ging kapot
en m'n moeders zuster Sjaan
is er ook aan doodgegaan.
Dat mens is reuzegoed
maar je weet hoe ze het doet
en je weet wat ze erbij haalt:
de breinaald.
De breinaald op de keukentafel.
De breinaald.

Moet dat heus?
Je hebt geen keus,
want geen dokter die het doet,
dus het móét.

Over tijd, over tijd,
de angst en de paniek.
Was er maar een kliniek.

ANNIE M.G. SCHMIDT

De bietebauw

Kleine, kleine stouterik,
Zoudt ge moeder tergen?
Wacht, ik zal hem roepen, ik,
uit de zwarte bergen.
Grijp, grap, grimmeland,
zonder lip of zonder tand,
grijp, grap, grauw!
de bietebauw!

Hoor hem, met zijn berenkop,
op de deuren bonzen.
Krak! hij kruipt de zolder op,
oei, oei, oei, de onze!
Grijp, grap, grimmeland,
zonder lip of zonder tand,
grijp, grap, grauw!
de bietebauw!

Recht naar bedde komt hij, boe,
riekt aan de gordijne;
Doe maar zere uw oogjes toe,
of ge ziet de zijne!
Grijp, grap, grimmeland,
zonder lip of zonder tand,
grijp, grap, grauw!
de bietebauw!

RENÉ DE CLERCQ

Moe gedicht

Ik heb het linnen gestreken
de kip van zijn botjes ontdaan
een handvol pijnappelpitten
kwistig in de abrikozenvla

ik zit met mezelf aan tafel
uitgedoofde bloesemtak
in drabbig water
véél moeder
weinig vrouw
ontbonden bijna, vergeten
de geur van lichaamswarmte
en streelzacht water.

Hoe kan ik weten
dat morgen de hemel
doorzichtig wordt en jij
luidruchtig de beminde.

JO GISEKIN

De geschiedenis van in de trein

Dit wordt de vervrolijkende geschiedenis,
ook al zou je eerst denken van niet,
over in de trein een ontmoeting
waar ik heel niet om had gevraagd.

Een vrouwtje dat zat me tegenover en
begon te spreken, op zeer zachte toon,
niet bepaald de klank van hemelse fluiten,
dat kwam later, eerst sprak ze gewoon.

Maar, zachtjes: haar woorden leken voetjes,
die, aarzelend, stap voor stap, een kastruimte
willen gaan verkennen, om te zien of er
ook vluchtruimte in zat.

Ze zou zich zeer zeker verbergen in een hol,
maar er toch nog wel weer uit dan, en ze zei:
'Weet u, ik ga naar me zoontje toe, hij
verlangt zo erg naar mij.'

(Dit is allemaal echt gebeurd hoor, ik
schrijf niet maar geen onzin op), bij
haar volgende dubbele phrasen ontving
ik dubbele dreunen voor mijn kop.

'Ja,' zei ze, 'hij is pas ellef jaren en hij
ligt al drei jaar ziek, de dokters en de professoren
die weten er niets meer op. Alleen kan ik slecht
van huis af, ik heb er nog vier en me man,
zodat u wel kan begrijpen dat ik hem niet vaak
bezoeken kan.

Ik wist niet wat ik nou doen zou, want
die trein is ook al zo duur en als
ik dan eenmaal in die stad aankom
ligt het hospitaal nog lopen een half uur.

Hij kan ook al niet meer spelen,
maar in bed heb hij z'n zusjes pop,
die heeft dat wurm hem maar gegeven en
hij knapte er werkelijk van op.

Wat moest ik hem nu toch brengen, want
als moeder neem je graag iets mee om
je zieke kind mee te verwennen, maar,
maar ik kwam maar op geen enkel idee.

Toen dacht ik, in de tuin van notaris
groeien frambozen heel voor niks, geen
mens die ze ooit komt plukken, dus toen
ben ik er heengegaan op me fiets.

Ach wat is het nu 's morgens al vroeg helder, ik
moest op voor dag en dauw, met me elastieke kousen
aan, voor m'n aderen, weet u; een dikke das, tegen
ochtendkou: uit stelen. En dat voor een oude vrouw!

Nu heb ik hier een heerlijk mandje, hij is toch zo
dol op dat goed, en vaak heb hij het nooit gekregen.
Hier, ruik eens, is dat niet zoet? Het zal nu zo lang
wel niet meer duren, dat zo'n rare dingen doen moet,

om hem nog wat plezier te verschaffen. Hij wordt al
kleiner, net of dat hij krimpt. Hij zal nog gaan zo
hij gekomen is, maar het ergste dat me krenkt:
je zal altijd zien dat de liefste, je het eerste

missen moet.' Ongeveer zo sprak het vrouwtje.

Ik had zin om te gaan staan huilen in het z.g.
toilet van deze trein, maar ik wist niet
hoe er te komen, zoiets kan soms moeilijk zijn.
Ik zei ook maar niet tegen het moedertje, dat

ik juist op weg was naar mijn zoon, en ook maar
niet waar die verblijf hield. Dat leek me, viel
een beetje uit de toon. Nu kwam ze te voorschijn
met een kiekje van een zeer grootogig kind:

'Dat is hem, toen hij nog goed was,'
zong het moedertje, nu met klem, en zo
bovenaardse tonen ontvoegden zich aan haar
versleten stem, dat coupé, omvang en ruimte en
zelfs nog de accoustiek vorm van cathedraal
aannamen, terwijl ze verder preludeerde: 'Gelukkig
dat ik zelve nog niet ziek ben, zodat ik op
heden er nog heen kan gaan, maar, ziet u, ik
heb mijn Geloof. Vandaar dat ik op mijn oude
dag voor mijn jonkie ongestraft frambozen roof.
En met Gods hulpe niet bemerkt werd. Hij liet
het regenen als een vergiet, zodat ik onopgemerkt
me gang kon gaan, notaris die zag me niet.'

Er viel een stilte, maar vorm van melodieën
verwarden en gelijk stilden mijn hoofd.
In die trein, en maar rijen, rijen rijen, om-
dat men nog in aankomst gelooft.

Echter nee, zo is het niet, heb ik gelezen, in
menig geleerde boek. We gaan voort maar wat ons
te wachten staat, is zo zeker als waar niets te
zien valt; behalve kijken om een dooie hoek.

Misschien, hier of later, of strakjes, in zo'n
ziekenhuis, in de bak, in de flats, de help-
yourselfs, in eigen bed, wachten loze hulsels
desondanks ja, het meest onwankelbare geloof.

'Heb u ook geen kind,' vroeg het vrouwtje, en
ik zei: 'ja ik heb er één. Ook een beetje ziek,
maar zo erg niet.' 'Nee,' zegt ze, 'God spaart
vrouwen met maar een.' Of dit waar is,
kan ik niet bedenken. Kansberekening is een
moeizaam ding. Indien niet, speelde ik vaker
roulette, maar voor moedertje heerste twijfel niet.
'Ik ga zien,' zei ze, 'te nog het beste, hierzo
moet ik er uit.'

Nu, dacht ik, waar is een plekje, waar ik
rustig staan kan gaan, en het landschap weg
zien spoelen, door zo'n mat w.c. glaasjes raam.
Het kind, na sterven, wordt een engel, vast, want
zijn moeder komt er aan, gekleed op net. Met

die framboosjes. Zonder naam voor mij. Vanuit
de trein, n.b. naar Z. Jawel, naar Z.

(God, dacht ik opeens, dat is het einde,
het einde van ons alphabeth.)

F. HARMSEN VAN BEEK

Geboorte

Mijn borsten waren nog zo pril,
zo nauwelijks ontloken;
het vrouw-zijn maakte zo vreemd en stil,
of er iets is gebroken

O dag, ontsluier het geheim
van wachten en verbeiden
en zeg mij wat die zoete pijn
betekent in mijn zijden

ED HOORNIK

Het trage tikken van de tijd

Ik heb wat goederen bij elkaar gebracht
in ieder jaar dat ik genoot van 't leven.
Ik was erg blij om wat mij werd gegeven.
't Is heerlijk als het leven naar u lacht.

'k Ben oud geworden: achtentachtig jaar.
Wat ik vergaarde werd mij afgenomen.
Herinneringen weg. Ik heb geen dromen. –
'Klopt er iemand? Antwoord! Wie is daar?'

Mijn kinderen trouwden, gingen uit het huis.
Maar als mijn lieve man is overleden
is eenzaamheid in mijn bestaan getreden
en sloot mijn geest op in een sombere kluis.

De dagen glijden, aan elkaar gelijk,
voorbij; ik ken niet meer hun gekke namen,
ook niet die van de maanden die er kwamen;
'k weet niets meer van de straten in de wijk.

Mijn hoofd is leeg, een grote voze raap
waaruit de lieve doden van mijn dromen
verdwenen zijn en nooit meer wederkomen.
'Mijn zoon? Mijn kleinzoon? Wie is toch die knaap?'

Wie is die vrouw die 'moeke' roept naar mij?
Zij loopt hier rond en trekt de laden open
en zegt mij wat ik wel en niet moet kopen.
'Dag, moeke!' lacht zij weer. – Waarom weent zij?

Die ovens zijn niet meer gelijk weleer
want alles wil precies nu aan gaan branden;
die schakelaars, die heeft men nooit in handen:
de frietjes hard en zwart: 't gebeurt steeds meer.

En die moderne kleding: spaar me dat!
Een rok: waar is vanachter en van voren?
'Hoe zijt ge nu gekleed!' moet ik dan horen.
't Doet pijn – ze weten 't niet – maar 't doet me wat.

De dieven hebben 't op mijn geld gemunt
en daarom moet ik veilig deuren sluiten,
en steek daarbij mezelve wel eens buiten.
'Maar, moe, hoe hebt ge dat toch weer gekund?'

Een vriezer is nu plots geen koelkast meer!
Wat vinden ze nog uit om mij te pesten.
In 't een moet dit en daarin andere resten!
Van al dat denken doet mijn hoofd mij zeer.

Er staan gekleurde doosjes in een kast;
ze zitten vol met allerlei tabletten
die 'k elke dag met massa's moet verzetten.
In mijn bestaan zijn zij reëel een last.

Die pillen, och, ik kom er niet mee klaar.
Men zegt: 'Het is om minder te vergeten.'
Ik moet maar slikken, voor en na het eten.
Als 't kan vergeet ik liefst die pillen maar.

De angst omknelt me als een ijzeren band.
De stilte van de avond komt mij tegen,
gaat zwaar op mijn bejaarde leven wegen;
ik mis intens de steun van moeders hand.

Ik tel het trage tikken van de tijd.
In huis veel wenen, lachen bij de buren.
Dit spookbestaan kan nu niet lang meer duren.
Ik zet weldra de stap naar de eeuwigheid.

DRIES ACKE

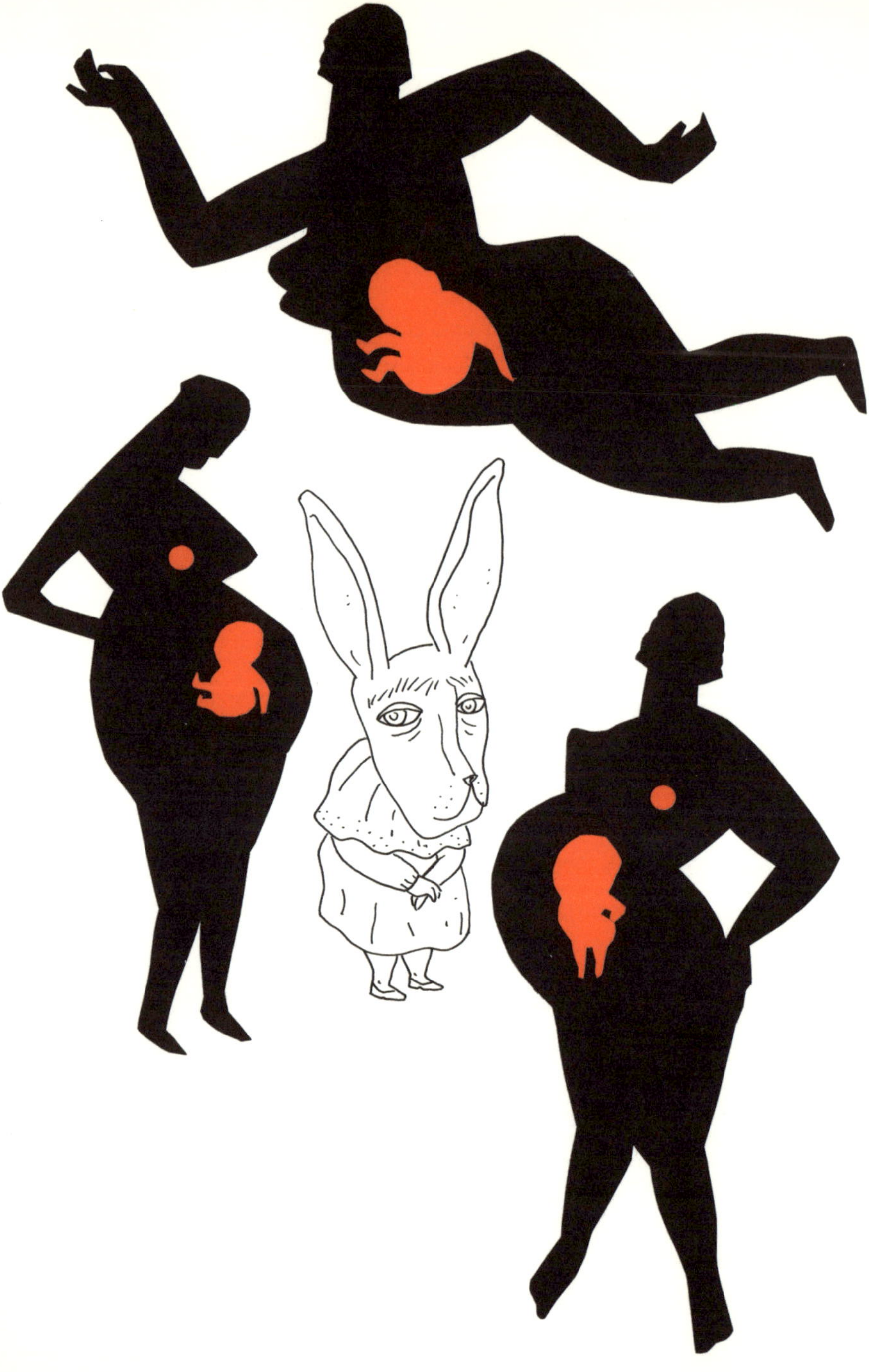

Moekekind koekenkind

Er geuren aldoor kinderen in mijn hoofd

Voor wat hoort wat

Een kind vraagt nooit
waarom, waartoe het toch
op aarde werd geworpen.

Daarom en niet omdat
het hulpeloos zou zijn
verzorgen wij het trouw,

vereren het als god.
Tot het de dood ontdekt
en een der onzen wordt.

JAN EIJKELBOOM

Weg

De vrouw uit wie ik huilend werd geboren,
die mij m'n leven gaf, is overleden.
De navelstreng nu pas echt doorgesneden.
Ook eerder al had ik haar vaak verloren:

Ik moest naar school. Ineens ben ik alleen
tussen veel vreemde kinderen die huilen.
Ik redde me door in mezelf te schuilen –
in trance haast, met wanhoop erdoorheen.

Voor 't eerst alleen thuis zonder kinderhoeder.
De stilte sloop vol dreiging naderbij.

Ik werd op straat gezet. Mijn moeder zei:
'Je bent te stout. Zoek maar een andere moeder.'

Ik dwaal langs straten en weet heg noch steg.
Ik huil dat ze moet komen. Ze blijft weg.

PATTY SCHOLTEN

Er geuren aldoor

Er geuren aldoor
kinderen in mijn
hoofd
en uit mijn ogen
vol met
kinderogen
ontspringt een
bloesemtwijg
lijnen kunnen zo
vloeiend zijn
toch is de avond
zwaar
zwangere
vrouwen
droegen ook
vandaag hun last
de lippen van de
minnaars
bloeden
en de eenzamen
hebben weer
verloren
ik zou willen een
poppenkast zijn
de kinderen met
lappenpoppen
laten spelen
in mijn huis
ze zouden haha

zeggen
en de wolf zou
verliezen
we zouden weer
in fantasie
geloven

CATHY MARA

Bij een dode moeder

'Zo was 't ook gisteren: dit stil vertrek,
Dezelfde lichtvlek ginds op 't oude kleed…
Wat natte sneeuw die langs de ruiten gleed,
En in den tuin kreunde 't verweerde hek.

Soms 't vreemd gerucht van stappe', onweezlijk-zacht,
Soms in de verte 't blaffen van een hond…
Toen stierf zij, met een glimlach om haar mond,
En ik lag slapend, ergens in den nacht.

Zag zij mij toen? Ik zie haar nu, maar niet
't Gelaat dat voor mij in de kussens zweeft:
Zij zit aan 't raam – in de ijle zon-lucht beeft
De geur van vlier –; als in een vaag verdriet

Heft zij haar ogen, peinzend, grijs en groot…
Het naaiwerk ritselt in de lome stilt' –
Nu gaat de deur, daar kom ik binnen, wild,
En warm van 't spelen met mijn kleine boot.

Zij praat wat, kust me en reikt me 't avondbrood.
Bij de iepen sloft de tuinman, moe en krom,
O en de muggen dansen in de zon…
Ik zie mijn kinder-handen, leunend aan haar schoot.'

JO LANDHEER

De bleekweide

Alsof het gisteren was in de bleekweide
en wij die zonder haast en woorden
grote witte dromen sneden uit het gras.
Moeder en ik en de zon.

De kruinen van de kanada's zongen verlegen.
Moeder liep de lengten langs
alsof zij de lakens wilde meten.

De ganzen volgden haar wijde stappen
gewoon als ze waren aan het gulle gooien
van haar hand. Eén woord
en de gulzige halzen zwegen.

Zij plukte een vleugje tijm, streelde lavendel,
streek de handen langs de dijen,
sprak tot de palm. De afstand
tussen haar en de zon werd kleiner.

MAURITS VAN LIEDEKERKE

De moeder

Wees jij maar stil mijn wurmpie – slaap!
Naar paatje kunnen we wel fluiten: –
Je moe was een godsnakend schaap
Om niet te denken aan de duiten!
Paatje is zeker naar de hemel –
Nou gaat je moeder naar de hel!

Doe jij je grote ogies toe!
Je moeder kan je toch niet zogen
Van water en van arremoe
Wanneer ze begint op te drogen!
Droom jij maar lekker van de hemel –
Je moeder droomt al van de hel! –

Als paatje nog maar centen gaf!
Nou heb ik niks om af te strijken –
Nou motte' we er morgen samen af –
Dan komen al de buren kijken!
Dan trappen ze ons in de hemel –
Dan trappen ze ons naar de hel!

Geven ze dan geen rooie duit
Voor jouw gezichie meer en vloeken
Ze overal je moeder uit
Dan gaan we een ander paatje zoeken!
Dan zoeke' we 'n paatje in de hemel –
Of anders eentje uit de hel!

We zijn zo gauw niet naar de maan: –
Dan kijkt moe nog zo es op de straten –
En krijgt ze 's avonds op de baan
Een nette kerel in de gaten –
Dan haalt ze hem zachies in de hemel –
Dan gaat ze zachies naar de hel!

En doen ze wat je paatje dee –
En laten ze me staan – en gaat er
Geen rat meer met je moeder mee –
Dan ga jij mee met moe in 't water!
Dan gaan we samen naar de hemel!
Dan gaan we samen naar de hel!

C.S. ADAMA VAN SCHELTEMA

Moeder

Ik kom terug naar huis.

Ik loop traag de trappen
op
en adem in... Ik wil
opnieuw
het dunne wolkje ruiken
van de soep, bereid voor
mij.
Ik wil aanbellen en horen
hoe jij naar de deur
gelopen komt,
zien hoe die opengaat en
voor mij
de ogen stralen van een
heilige.
Ik wil je gouden tand zien
blinken
wanneer je lachend
uitroept:
– Kom binnen meisje!

Mijn lieve, mijn prachtige
moeder!

Vandaag heeft de bruine
aarde
jouw bruine ogen
uitgewist.

En de spin van de grote
leegte
heeft in jouw haar zijn
web geweefd.

Ik word alleen verwelkomd
door een jaren oud
verdriet.

Jij wacht op mij op de
heuvel
je ogen zijn donkere
viooltjes,
je armen – dun, groen,
uitgestrekt om mij te omhelzen…

MAJA PANAJOTOVA

Moeder

ik wil graag weten wanneer
volwassenheid begint.
Ik vraag het maar-mijn moeder
zegt:
hoe oud je ook bent, je blijft
altijd mijn kind.

ze heeft haar dood nog niet
gepland, is zelfs niet ziek.
Ik heb wel alvast gezegd dat ik de
kast wil hebben:
tegen de tijd dat ik hem erf is hij
antiek

Maar dat duurt nog vele jaren.
Ze wijst soms naar de rust van
Avondrood-
daar wil ze later wonen (en of ik
vast wil sparen).

Het is voor haar eigen bestwil dat
ze eerder doodgaat
dan ik: een moeder zonder kind,
daar bestaat
zelfs geen naam voor, zoals
weduwe of wees.

Nou ja, voorlopig mag ze blijven
leven.

Een moeder is altijd handig als er
even
niemand anders is die van mij wil
houden

TED VAN LIESHOUT

Geboorte

Je trad niet zozeer, je werd met geweld
het huis uitgejaagd, het
kon zo niet langer.

Zij verlost, maar jij hing
als een haas in de hand van
de jager,

wachtend op de
genadeslag
die je liet schreeuwen
van leven.

Ik ben opeens
gebaard:

een hand houdt mij
bij de enkels,
ik hang met het hoofd
naar mijn buik,
ik ben uit mijn schoot
gejaagd

licht botst tegen mij
aan,
geluiden vallen op
mij

ik schreeuw: ik kan
niet terug.

Plotseling ben ik te
groot,
hang ik aan leven
bloot.

wie in haar was maar
niet meer is, erna
dus,
die kent wel het
heimwee, niet
meer het huis.

Altijd en nooit meer,

sinds hij werd
uitgerukt,
uitgerukt werd hij
in wie hij sliep.

ANTON KORTEWEG

De toverwoorden

Een sprookjesboek dat open lag,
een kind dat heel die zomerdag
verdoken in het rietgras lag.
En nu ligt het, te bed gebracht,
niet talend nog naar slaap of nacht,
klaar wakker: om alleen te wezen
met wat daarginds het heeft gelezen.
Hoe het begon en verder ging;
en toeft in de herinnering.
Hoe was het toch, dat wat zij las,
dat einde dat zo prachtig was?
Vlakbij is het, en ook ver af.

Het laatste zonlicht is vergaan,
het donkert aan het zolderraam.
En in de schemering hervindt
zij als vanzelf wat zij zag staan.
Het ritselt in het dakgebint:
'Dat is de wind, het hemelse kind.'

IDA GERHARDT

's Avonds laat

Moeder, je kwam om elf uur thuis.
Niet later, zei je zelf.
Ik zit nog steeds alleen in huis.
Het is kwart over elf.

Ik kwam uit bed om negen uur,
ik hield het niet meer uit:
geroezemoes achter de muur,
figuren langs de ruit.

Straks komen dieven om de hoek
en klimmen door het raam.
Naar geld en klokken zijn ze op zoek,
ze fluisteren mijn naam.

Ze vinden onze klok nog wel:
hij tikt vannacht zo bang.
Als ik mijn oma nou eens bel?
Maar nee, die slaapt allang.

O, moeder, moeder, kwam je maar.
Of ben je soms op reis?
Ik zit te woelen in mijn haar.
Het wordt al grijs.

WILLEM WILMINK

't Broekie van Jantje

Er was eens 'n haveloos ventje,
Die vroeg an z'n moeder 'n broek.
Maar moeder verdiende geen centje,
En vader was wekenlang zoek.
Ach, moedertje, geef me geen standje;
Er zit in m'n broekie 'n scheur!
De jongens op school roepen: 'Jantje,
Jouw billen die zien we d'r deur!'

De moeder werd ziek van de zorgen,
Lag stil en bedrukt in een hoek.
Geen mens die haar centen wou borgen
En Jantje vroeg toch om z'n broek.
Toen heeft ze haar rok uitgetrokken,
De enigste die ze bezat.
En ze maakte van stukken en brokken
Een broek voor haar enigste schat.

Nou konden ze Jantje niet plagen,
Nou waren zijn billen niet bloot.
Maar voor hij zijn broekie kon dragen,
Ging moeder van narigheid dood.
Ze stierf van 't sjouwen en slaven,
Vervloekt en verwenst door haar man.
Toen Jantje haar meê ging begraven,
Toen had-ie zijn broekie pas an.

J.H. SPEENHOFF

Ongelukje

Ik weet dat ik een ongelukje ben.
Mijn moeder zei nog zo 'pas op, Johan!'
        tegen papa,
maar ja net iets te laat. Daar was ik dan.
        Ha, ha,
een kleine schrijffout, een slip of the pen.

Als de pil er was geweest,
hadden zij mij nooit verwekt,
maar 't principe van de pil
was toen nog niet eens ontdekt
en ik zit in dat belachelijke leven
en ik ben altijd een ongeluk gebleven.

Nou ja, toen ik er wás waren ze blij,
ik niet. Ik ben nooit blij geweest.
Ik denk: wat doe ik hier in godsnaam bij,
een outsider, een bietser op het feest
        en wát voor feest?

Maar waar ik me zo kwaad op maken kan:
m'n moeder zei nog zo 'pas op, Johan!',
maar ja Johan ging door, echt iets voor Johan,
en ik kwam er.
God, wat jammer.

ANNIE M.G. SCHMIDT

Moederdag

Moeder wij staan hier voor uw bed
Met een versje en een beschuit
Thee, dat hebben we ook gezet
En daarom zingen wij luid

't Is moederdag, 't is moederdag
De thee die is wat slap
Maar leve moeder d'r moederdag
En leve 't moederschap

Straks vindt u kruimels in uw bed, dan denkt u vast wel aan ons
Broertje heeft zo'n gat in z'n kop, dat was daar straks die bons
Moe, het beschuitje viel op de grond, zit nu vol stof en vol haar
't Kwam terecht op de boterkant want die is dubbel zo zwaar

't Is moederdag, 't is moederdag
De thee die is wat slap
Maar leve moeder d'r moederdag
En leve 't moederschap

Moeder, u krijgt nu ons cadeau, daarvoor hebben wij lang
gespaard
't Heeft wel twintig piek gekost maar 't is haast niks meer waard
Broertje schroefde 't dopje d'r af, dat joch heeft altijd wel wat
Toen liep de dure parfum d'r uit, er zit nou zo'n vlek in de mat

't Is moederdag, 't is moederdag
De thee die is wat slap

Maar leve moeder d'r moederdag
En leve 't moederschap

Moeder, twee helften van een plaat, want hij brak, 't was een plaat van James Last
Trouwens, Dirk-jan had, voor ie 'm brak, uw naam d'r al ingekrast
Moeder, wij houden zo veel van u, u huilt nu zelfs van geluk
Wij kinderen zijn een zaligheid al maken we nog zoveel stuk

't Is moederdag, 't is moederdag
De thee die is wat slap
Maar leve moeder d'r moederdag
En leve 't moederschap

HANS DORRESTIJN

moeder

29/06/73

Lieve kleine meid,

Vooraleer je in de trein zit, is er al een brief voor je op gestuurd. Vele meisjes hebben geen kans gelijk jij, om zo'n prachtige vakantie door te brengen in het mooie land Italië.
Maak er gebruik van om veel zon, en leute, te zoeken, met goede kameraadjes, te springen, te zingen gelijk jonge, dartelende vlinderkens.
Ik wou dat ik in jouw plaats was, om te genieten van zo'n mooie reis, kijk goed door de ramen van de treinen, naar het wondermooie van de natuur, uit Gods schepping.
Het is een droom, met meisjes van je ouderdom te kunnen praten en giechelen over koetjes en kalfjes.
De dagen van plezier zullen zo rap voorbij zijn, dat je zult zeggen: oh, het ware beter geweest dat we nog een maand hadden, want wie is er zo bevoorrecht. Wij hadden daar de kans niet toe, in onze kinderjaren, ook niet als jongedames.
Maar pas op kind,
ga niet te ver alleen in zee,
zoals je weet,
baden is gevaarlijk,

Je moeke die veel van je houdt

Dit is een brief

Dit is een brief aan vaders en moeders.
Ik ben het kind.
Hou me vast en kijk naar me.
Til me op, zet me neer, laat me gaan.
Het kan mij niet schelen hoe u uw geld verdient
en of u succesvol bent.
Geld daar kun je snoep van kopen,
maar ik hoef geen dure koeken bij de chocolademelk.
Alleen maar een dropje op mijn knie als ik gevallen ben.
Alleen maar op schoot.
En als ik op schoot zit, moet u niet altijd tv kijken.
En als u mij een verhaaltje vertelt,
ga dan op de rand van mijn bed zitten.
En zeg dat ik mijn ogen dicht mag doen.
En vraag me hoe het was vandaag want dat begrijp ik best.
En ik zal zeggen dat het fijn was vandaag.
En blijf dan na dat verhaaltje nog even zitten.
En kijk dan naar me.

TJITSKE JANSEN

Het Kind dat wij waren

Wij leven 't heerlikst in ons vèrst verleden:
de rand van het domein van ons geheugen,
de leugen van de kindertijd, de leugen
van wat wij zouden doen en nimmer deden.

Tijd van tinnen soldaatjes en gebeden,
van moeders nachtzoen en parfums in vleugen,
zuiverste bron van weemoed en verheugen,
verwondering en teêrste vriendlikheden.

Het is het liefst portret aan onze wanden,
dit kind in diepe schoot of wijde handen,
met reeds die donkre blik van vreemd wantrouwen.

't Eenzame, kleine kind, zelf langverdwenen,
dat wij zo fel en reedloos soms bewenen,
tussen de dode heren en mevrouwen.

E. DU PERRON

1944

Mijn moeder is mijn naam vergeten,
mijn kind weet nog niet hoe ik heet.
hoe moet ik mij geborgen weten?

noem mij, bevestig mijn bestaan,
laat mijn naam zijn als een keten.
noem mij, noem mij, spreek mij aan,
o, noem mij bij mijn diepste naam.

voor wie ik liefheb, wil ik heten.

NEELTJE MARIA MIN

Ik zit in bad
en hoor mijn moeder praten
over toen wij kinderen waren
wij pasten in haar handen
wij pasten twee aan twee in bad
ik weet van niets
ik vul mijn handen
met waar ik toen twee leegtes had.

JO GOVAERTS

Het kleine meisje had groot verdriet:
Ze zocht haar moeder en vond haar niet.

De wereld wit en de hemel grauw;
Toen zag ze rook uit een verre schouw.

Ze kwam aan een huis waar doden zaten
Rondom een tafel, alsof ze aten.

Onder de schoorsteen klonk luid gesis.
Daar hing een pot vol kokende vis.

Ze nam de vis en verborg de graten.
De wind huilde door de venstergaten.

HENDRIK DE VRIES

Zaterdagavond

’t Was op een zaterdagavond,
En moeder zat gereed,
Gereed om ons te wassen,
Lijk ze alle weken deed.

Zij zat daar bij het kuipje, –
Wij waren nog zó kleen! –
Van ’t minste tot het oudste,
Zij waste ons één voor één.

En moeder zong een liedje
Uit haar kindertijd:
‘’t Zal morgen zondag wezen,
Als ge allen brave zijt.’

En toen wij schone waren,
Dan drukte zij een zoen
Op onze rode kaken,
Lijk alle moeders doen.

En dan, dan nam zij ’t minste
Op haar moederschoot;
En ’t vouwde zijn handjes,
Lijk moeder ’t hem gebood.

En moeder las ons luide
Zoveel gebedekens zoet,
En wij, wij zeiden achter:
‘Maria, wees gegroet!’

En de engeltjes daalden suizelend
In onze woning neer;
Ze kwamen om ons beêkens
Te voeren naar de Heer.

En moeder leidde ons boven,
Als 't beêke was gedaan:
'Toe moeder, geef een kruisje,
Eer wij naar bedde gaan!'

Zij dekte ons in ons beddeke,
Daar daalde van omhoog
Een engeltje uit de hemel,
Met zoet en lachend oog.

En wij, wij kleinen droomden
Van 't engeltje wit en blauw
Met lichte gouden vlerken,
Dat bij ons waken wou.

O schone zaterdagavond,
Toen moeder zong verblijd:
''t Zal morgen zondag wezen,
Als ge allen brave zijt!'

ALFRED WEUSTENRAAD

Godzegentje

Onze moeder sloeg de geuren op. Als ze ons voor het slapengaan een kruisje gaf, en nog even met haar wijsvinger over onze wangen aaide, herinnerde haar hand ons aan de voorbije dag. Aan haar hand hing de lucht van geschilde uien, en daarvan kwam het stoofvlees weer op tafel. Door de zweem van boenwas herinnerden we ons hoe het huis had geroken toen we uit school kwamen. De geur van de Spaanse zeep die ze altijd van dezelfde buurvrouw kreeg, en ondanks die buurvrouw heel lekker vond, deed ons eraan denken dat we vanavond in de keuken lang tegen haar aan hadden geleund, maar eigenlijk niet lang genoeg. Tegen de tijd dat we naar bed moesten, en zij sokken zat te stoppen terwijl ze naar de televisie keek, had ze allang de lucht van bloemen opgeslagen, want de sokken roken naar de wasmachine, en haar handen intussen ook. Haar vingers stelden ons gerust: niets is veranderd.
'Godzegentje en bewaartje,' zei ze, en het kruisje dat ze gaf was dun als haar stem. Ze tekende het behoedzaam op ons voorhoofd, en zorgde ervoor dat we het tot lang na bedtijd zouden kunnen natekenen, want ze wist dat ons voorhoofd een geheugen had waar we beter van sliepen. We krulden onszelf op onder onze deken, zoals wasberen doen, en dachten aan de geuren van onze moeder.

BART MOEYAERT

15 juli 1973

Beste ouders, zusters en broer,

Nogmaals een briefje van uw kind. Ik heb nog niet veel post gekregen, er zijn meisjes op onze slaapzaal die nog niets gekregen hebben, daarom heeft hun leidster zelf een brief geschreven om die meisjes te troosten.
De weken gaan hier vlug voorbij maar ik ben nog niet zo bruin. Ik eet wel veel maar ik ben toch al één kilo verlicht. Iedere week moeten we onder de douche. Ik heb pas een onderbroek gegeven om te wassen. Ik zal mijn bloesjes niet laten wassen en ik zal ze ook niet zelf wassen want ik heb er toch 4 bij. Geeft het niet dat ik hier niets laat wassen.
… Als we in Brussel toekomen wilt u dan aan de deur wachten en aan het venster om mijn valies te nemen. Wilt u ook nog eens een brief schrijven. Ik zal maar stoppen want straks valt mijn arm af want die doet pijn.

Daag en nog vele
kussen
van uw kind

Geen kind meer

Je leeft je eigen leven,
wat zij er ook van vindt,
je bent allang geen kind meer.
Je wilt erover praten,
maar niet op die manier,
je zult haar best verdriet doen,
maar niet voor je plezier.
Wat moet je nog met haar en
met haar ouderlijk gezag?
En dan opeens, dan is-ie er, die
dag…

De dag waarop je moeder sterft,
de dag die je dagen
van dan af aan wat grijzer verft,
al hou je niks te klagen:
je hebt je goede vrienden nog,
die staan je ook dichtbij
en als je soms een minnaar zoekt,
dan staan ze in de rij.

Maar niemand zal meer weten
hoe je met je pop kon spelen
en niemand zal nog ooit
je vroegste vroeger met je delen.
De dag waarna je nooit meer
kwetsbaar wezen mag en klein,
de dag waarna je nooit meer kind
zult zijn.

Wat al die jaren fout ging
komt dan niet meer terecht
en wat je nog wou zeggen
blijft eeuwig ongezegd:
de machteloze frasen
van je genegenheid
en dat het niet haar schuld was
en ook dat het je spijt.
De dingen die je lang niet zeggen
kon
en zeggen wou
en dan zo graag nog één keer
zeggen zou…

De dag waarop je moeder sterft,
dat jij wordt losgelaten
en al haar eigenschappen erft,
die jij zo in haar haatte:
de scherpe tong, de bokkenpruik,
deze zure schooljuffrouw,
die zullen ze dan binnenkort
herkennen gaan in jou.

En hoop'lijk ook de and're kant:
de aardige, de zachte,
maar of je die hebt meegeërfd
valt nog maar af te wachten.
De dag waarna de rest
een kwestie wordt van tijd en
pijn,
de dag waarna je nooit meer kind
zult zijn.

JAN BOERSTOEL

Verloren zonen

Mijn moeder, gevangen in haar vel,

verandert naar de maat der jaren

of

Het niets vermoedend kind is groot geworden

De vergeten moeder

Aleajacta! Alealuja! Het is de laatste kreet
van 't kind dat ongerust wordt.

Als ik nog ooit gekust word
door een vergeten moeder die wel weet
waar haar verloren zoon verloren is,
dan zal de redding, zoals nooit, voorbij zijn.
En als een kindje zal ik blij zijn
dat nog niet weet of 't al geboren is.

Of blij? Want eenmaal dan zover,
zal ik nog verder kunnen?
Zal men mij nog de moeder gunnen
van eeuwen her?

Het niets vermoedend kind is groot geworden
en doodgegaan
omdat het aan natuur en orde
en roest (aksent op roest) heeft blootgestaan.

GASTON BURSSENS

Bronnen der slapeloosheid (VIII)

Het afgesloofde lover van de beuken
waarin de vossen van november jagen
– bij bladerval, hier kwam mijn moeder treuren;
ze zong en streelde mij. Ze gaf mij namen

van vogels – mees en vink. Warm van gebeden
doorliepen wij de laan. 'k Droeg de lantaren.
Op 't landhuis hoorden wij piano spelen,
doorheen de lissen, over 't zieke vijverwater.

– Gedroomde kaars, hoelang nog zult gij branden?
Maria zit naast mij. Stenen en sterren
vallen op tafel, langs mijn dor-bevreesde wangen

terwijl ik schrijf. En harde steutelbossen
rinklen. In 't vunzig voshol van mijn werken
belaagt een spin een mier. De wortels rotten.

MAURICE GILLIAMS

Moeder, hoort gij mij, ik roep
uit de kelder, mijn geweten,
vroeger stondt gij op de stoep

roepend voor het avondeten:
ik stormde weg van de troep
naar u. Zijt gij dat vergeten?

Waar woont gij? Waar is de dorpel,
uitgesleten, waar gij staat
in het witste dorp der dorpen?

Of komt een moeder te laat
om te troosten voor 't verraad
toen ze ons heeft buitengeworpen?

HUBERT VAN HERREWEGHEN

De lente als geschenk

Voor u, mijn moeder, die, o mooist geschenk,
mij uit uw lichaam in de wereld bracht,
heeft elke wederjonst van mij geen zin,
want te gering, hoe dankbaar ook bedacht.

Maar kijk, in deze meidag over 't land
voel ik mij plots de koning zo te rijk,
omdat ik eindelijk iets vind dat past,
uw onvolprezen minzaamheid gelijk.

'k Bied u de lente aan. Geen tuil of pot,
maar al wat sedert eeuwen dit seizoen
te priemen staat of reeds in volle bloei
het wonder van de schepping mag herdoen.

Wàt ik beleven mag aan geur en kleur,
nieuw licht, het merellied, de zuidenwind,
ik zal het des te dieper ondergaan,
als gij er ook iets van uw kind in vindt.

KAREL JONCKHEERE

Mijn moedertje

juist als ik bedenk hoe onnoemelijk mooi je rug
verandert in twee wonderen,
komt mijn moeder binnenvallen om nog wat avondlijke
overschrijvingen te doen. we zoeken beide de vrede
des harten op nogal verschillende manieren.

ze komt om haar dagelijkse portie zoon.
ze zegt dat ik mijn voeten moet verwijderen
van de zetel van haar keuze, en laat er dan
haar achterste als een strandbal in neer.

op de schoot waar ik vroeger zat liggen
belastingsformulieren die ze beter begrijpt.
het is niet haar fout dat ik mezelf ben,
echt niet. we zwijgen

tot ze eindelijk slapengaat. ik plak
een zoen als een scheve postzegel
op haar kaak. ik lig een verdieping hoger wakker
dan zij. door de avond razen treinen
als lange aa's door lange ziekenzalen.

HERMAN DE CONINCK

Moeder

Het was niet vreemd, dat zij vertrok
met om haar mond die strenge trek;
geen wrevel was 't, nog minder wrok:
het was de winst uit zelfgesprek.

Het was, na al haar pijn, geen pijn
wat school in die besloten lip;
het was besef van eenzaam-zijn,
der laatste dingen diep begrip.

Men komt alleen; men gaat alleen
en alles, wat daartussen ligt,
was haar geweest, voor iedereen,
een zelf zich opgelegde plicht:

onafgebroken dienstbaar zijn,
een zelf-vergeten hulpbetoon
en nu en dan de felle pijn
om zelfs niet het geringste loon.

Schoon nooit om loon iets werd gedaan
trok om haar mond de strenge trek,
de winst, waarmee z' is heengegaan
na duizend nachten zelfgesprek.

JAC. VAN HATTUM

Mijn moeder is niet ver: ik zoek de losse…

Mijn moeder is niet ver: ik zoek de losse
steen waar zij haar sleutel bergt.

Steeds trekt haar ijver wijze lessen
uit de tuin: van rijpen proeft zij
het gewicht; de stengel sparend
gaat de aardbei liggen.

In de kring van haar hofhouding
munt zij weer hoog in zorgen uit.

Ik ken de wijding van haar hand:
vóór het strijken sprenkelt zij de was;
ik hoor een wonderlijk gerucht
als zij de horren uit de ramen neemt.

Gewoon van dienen buigt zij diep:
zij punt de veters in haar mond,
voor zij het laatst haar schoenen rijgt.

Van halve dingen leeft mijn moeder niet:
al maanden ligt het veergeld op de kast.
De postduif cirkelt met een dreigbrief
rond het huis: over de kaap der jaren

rolt de handkar van de dood.

GWIJ MANDELINCK

Een moeder

Een moeder voelt of het wel veilig is
en doet koud water bij het warme,
voor alle zekerheid. Ze wikt en weet alles

lichter gemaakt. In het naveldiepe huis
van het water is naakt nog nauwelijks lichaam
en dieptevrees niet meer dan de oppervlakte-

spanning, een huid van smeltende lavendelvlokken.
Ze wast, houdt vast, laat niet gaan maar zingt
tegen waterzucht en pijn. Ze wrijft droog.

Er mag geen verlies zijn
van warmte, ook al is men koud.
Ze legt weg in de handen van het donker,

doet de ogen dicht en laat de deur op een kier;
een hemelsbreed verschil als het licht
op de gang blijft branden.

JAN GEERTS

Droom

Vannacht verscheen mij in een droomgezicht mijn oude moeder,
eindelijk eens goed gekleed:
Boven het woud waarin ze met de Dood wandelde
verhief zich een sprakeloze stilte.
Ik was niet bang. Het scheen mij toe dat ze gelukkig was
en uitgerust.
Ze had kralen om die goed pasten bij haar jurk.

GERARD REVE

Je gebit liet je trekken
in twee keer, zonder verdoving,
en je had nog haast alles.
Dat de tandarts tot het eind van de tortuur
zijn kracht en zijn kalmte wist te bewaren
vond je, anders gierig met loftuitingen, buitengewoon.

Zo was je. Jouw verzet brak pas
in kussen en tranen
toen je mijn kind werd.

JACQUES HAMELINCK

Dag en nacht

Mijn moeder was een dagpauwoog
en vloog mijn vader veel te hoog.
Hij tastte radeloos naar haar
maar troostte zich met dat gebaar.

Met zulke ogen in 't gezicht
was zij te donker voor zijn licht,
te teer voor zijn hardhandigheid
en er door niets op voorbereid.

Hij brak haar zonder dat hij 't wilde,
uit liefde die geen liefde stilde,
zodat zij neerstreek, nooit meer vloog,
nog altijd mooi: een nachtpauwoog.

ADRIAAN MORRIËN

Spijt

Dat in gemelijke grillen
ik mijn dagen kon verspillen,
dat ik haar voorbijgegaan
of een steen daar had gestaan.

Dat ik heel mijn zondig leven
heb gekregen zonder geven,
dat mij alles heeft gesmaakt,
dat ik niets heb uitgebraakt,

dat ik niet kan herbeginnen
haar te dienen, haar te minnen,
dat zij heen is en voorbij,
bitter, bitter grieft het mij.

Maar de jaren zijn verstreken
en de kansen zijn verkeken.
Moest die kist weer opengaan
geen stuk vlees zat er nog aan.

Priesters zalven en beloven,
maar ik kan het niet geloven.
Neen, er is geen wenden aan:
als wij dood zijn is 't gedaan.

Ja, gedaan. Wat helpt mijn klagen?
Wat mijn roepen, wat mijn vragen?
Wat ik bulder, wat ik zweer?
De echo zendt mij alles weer.

Gij die later wordt geboren,
wilt naar wijze woorden horen:
pakt die beide handen beet,
dient het wijf dat moeder heet.

WILLEM ELSSCHOT

Moeder

Zo lang zij rustig leeft kunnen wij haar vergeten,
ze kost ons zorg noch geld, ze doet ons nimmer zeer;
tweemaal in 't jaar, misschien, gaan wij nog bij haar eten
en lachen als ze zegt: Het is de laatste keer.

Maar één kort spoedbericht maakt ons opnieuw tot zonen,
wat ons gewichtig werd valt plots en dwaas uiteen,
wij dachten in onze eeuw en in ons werk te wonen
tot wij beschaamd en leeg haar kleine huis betreên.

Ze heeft op ons gewacht. Tenzij ze is gestorven.
Daar ligt wie onze moeder was, het arm gezicht
waarin veel eenzaamheid berusting heeft gekorven
beschenen voor het laatst in reeds vervreemdend licht.

Dat wij voorgoed alleen zijn thans, dat alle bronnen
vervloeien in de tijd, bedroeft ons hart zo niet.
Maar dat onze overmoed zich nimmer heeft bezonnen
over haar eenzaamheid, dit wordt ons taaist verdriet.

KAREL JONCKHEERE

Heimwee naar moeders woordenschat

Ach moeder, ik weet zoveel woorden meer
en van de muzen honderd lepe wetten
om ze verbluffend naast elkaar te zetten
tot schone larie over duister zeer.

Maar als ik op een avond bij ruig weer
de vangst bijeengaar uit mijn rijmennetten
de troost schud uit de kuil van mijn sonnetten,
vind ik mijn stem wel maar mijn hart niet
meer.

Geleerde vrienden die het kunnen weten
hebben eerst de armoe van uw mond geteld
maar geen heeft mij dan tot nog toe
vermeld

hoe gij met twintig woorden mild gemeten
mij meer met wijsheid en geluk vervult
dan mijn orkesttaal zwoegend mij onthult.

KAREL JONCKHEERE

Moeder

Mijn moederken, ik kan het niet verkroppen
dat gij gekromd, verdroogd zijt en versleten,
zoals een pop waarin een hart zou kloppen,
door 't volk bij 't heengaan in een huis
vergeten

ik zie uw knoken door uw
kaken steken
en diep uw ogen in het hoofd
gedrongen.
En ik ben gans ontroerd en
kan niet spreken,
wanneer gij zegt 'kom zit aan
tafel jongen.'

ik hoor u 's avonds aan de
muren vragen
of gij de vensters wel hebt
toegesloten.
Gij kunt den mist niet uit uw
hersens jagen.
Uw lied is uit, gij kreunt de
laatste noten.

Daar in de verte wordt een
put gegraven;
ik hoor zo goed het ploffen
van de kluiten.
En achter 't huis zie ik een

schimme draven:
hij staat waarachtig reeds op
haar te fluiten.

Kom in, Mijnheer, ik stel u
voor aan Moeder.
Vrees niets kindlief, al
heeft hij naakte benen:
hij is een vriend, een goede
vriend, een broeder:
hij is niet ruw, hij wandelt op
de tenen.

Tot weerziens dan. Ik kom
vannacht of morgen.
Gij kunt gerust een onze-
vader lezen,
en zet uw muts wat recht. Hij
zal wel zorgen
dat gij geen kou vat en
tevreê zult wezen

WILLEM ELSSCHOT

De moeder

Ik ben niet, ik ben niet dan in uw aarde.
Toen gij schreeuwde en uw vel beefde
Vatten mijn beenderen vuur.

(Mijn moeder, gevangen in haar vel,
Verandert naar de maat der jaren.

Haar oog is licht, ontsnapt aan de drift
Der jaren door mij aan te zien en mij
Haar blijde zoon te noemen.

Zij was geen stenen bed, geen dierenkoorts,
Haar gewrichten waren jonge katten,

Maar onvergeeflijk blijft mijn huid voor haar
En onbeweeglijk zijn de krekels in mijn stem.

'Je bent mij ontgroeid,' zegt zij traag mijn
Vaders voeten wassend, en zij zwijgt
als een vrouw zonder mond.)

Toen uw vel schreeuwde vatten mijn beenderen vuur.
Gij legde mij neder, nooit kan ik dit beeld herdragen,
Ik was de genode maar de dodende gast.

En nu, later, mannelijk word ik u vreemd.
Gij ziet mij naar u komen, gij denkt: 'Hij is
De zomer, hij maakt mijn vlees en houdt
De honden in mij wakker.'

Terwijl gij elke dag te sterven staat, niet met mij
Samen, ben ik niet, ben ik niet dan in uw aarde.
In mij vergaat uw leven wentelend, gij keert
Niet naar mij terug, van u herstel ik niet.

HUGO CLAUS

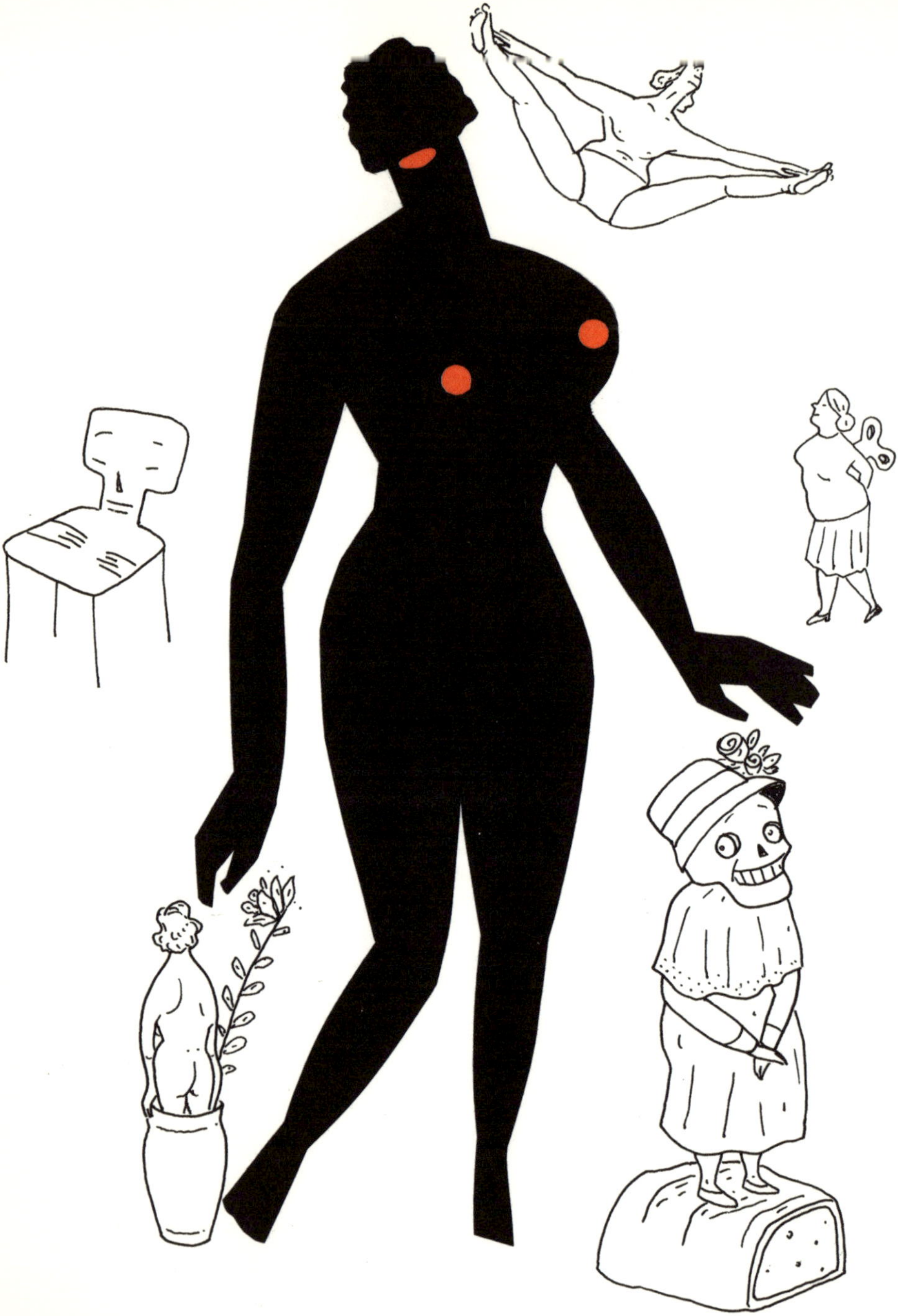

Zijn moeder

Na een lang en laf leven moest zijn lot
hem een jankerig doodgaan nog opdringen.
Zijn kist was van het kostbaarst eikehout,
en in de kerk had men vroom staan te zingen.
Meneer Pastoor sprak nog een dankbaar woord
voor wat hij soms aan de armen had geschonken
(uit woekerwinst). Toen werd de dienst gestoord:
een man kwam overeind, en klinkklaar klonken
woord voor woord zijn woorden: 'Hij was een schoft,
hij kan niet diep genoeg begraven worden.
Alleen in sluwe lafheid overtrof
hij wie ook, hij, de goorste van de goren.
Morgen is weer een dag, eindlijk een dag
– God zij geprezen – zonder hem. Ons dorp is
genezen van een etterwond – de vlag,
steek de vlag uit; wij zijn niet meer verworpen!'

Toen kwam een arm mens naar die dure kist.
Zij legde, in tranen om dat dode loeder,
wat bloemen neer en stamelde bedeesd
als om vergeving, want zij was zijn moeder.

A. ROLAND HOLST

Going my way

Ik denk aan u, liggende in de heide
en naast de liefste die mijn leven deelt,
een meisje nog, dat met mijn haren speelt,
dat op u lijkt, als 'k naar haar zie terzijde.

Gij zijt in stilte als een stenen beeld
van eenzaamheid geworden, en wij beiden
zwervers door dromen zonder vrijgeleide,
schatgravers die de strenge tijd besteelt.

Ik denk aan u als ik haar handen neem,
als ik haar kus en haar bevende leden
vertederd aanraak en ontroerd als geen.

Dezelfde wolken als die overgleden
toen 't leven voor u nog een wonder scheen
staan open, en daar schijnt welhaast het Eden.

Ik denk aan u en zie de liefste aan.
Niets in haar ogen raadt, schijnt het, de dingen
waarmee het moederschap haar zal omringen
en die het leven u heeft aangedaan.

Zal zij niet zijn als u? Ik zie haar gaan,
van trappenhuis naar wieg, ik hoor haar zingen
een bevend lied, als gij, en o, de kringen
van moeheid komen rond haar ogen staan.

Voorzichtiger en zachter kus ik haar.
Maar zal ik haar nog kussen als zij, grijzend,
de zondagmiddag vreest als een gevaar,
zal zij dan ook niet gissen naar de wijzen
van weggevlogen vogels, enkel maar
een eenzame die oude verzen prijzen?

MICHEL VAN DER PLAS

Moeder

Nu besef ik het, moeder,
als ik kijk naar je gezicht,
dat hier, onder het glas
van mijn schrijftafel
geborgen ligt,
dat je mij niet gaarne
uit je lichaam weg liet gaan,
voor een eigen,
van jou gescheiden bestaan.

Ik was het eerste kind
dat je droeg
en wij waren maanden alleen.
Je had het nog nooit ervaren
wat, moeder te worden, moest zijn:
een wedergeboorte van je eigen wezen,
dezelfde levensinhoud,
die met een vreemde verenigd
en onscheidbaar één
nieuwe vormen vond,
een vollediger, volmaakter mens,
hoger luchten, dieper grond,
zoals je zelf had willen worden.

Hoe lang heeft de droom mogen duren,
hoe lang voor de begoocheling verdween?
De knaap, met een boek bij het raam,
die zijn ontdekking van de wereld begon,
de zwervende jongen, langs de rivier

en in 't bos, als de dieren alleen,
met de verte en 't ritselend gewas,
die niet scheen te kunnen vergroeien
met wat en wie rond hem was.
Hoe angstig zal je hem gevolgd hebben,
en hij mocht het zelfs niet vermoeden
dat je 's nachts niet kon slapen
en lag te luisteren
naar de klink van de deur,
terwijl je binnensmonds voor hem las.

Hoe bestond het,
zoals hij was, in de kring
van zijn kameraden,
aan de arbeid, met hen verbonden?
Hij leek wel altijd soldaat te zijn
en te blijven, een wees zonder naam,
van de boom los gerukt
een wervelend blad,
een nummer, een huurling,
vandaag naar hier
en morgen naar elders gezonden,
en het was, alsof hij zijn moeder,
niet nodig meer had.

Hij ging van je weg, als de rook
weg van een vuur,
als het water van zijn bron.
De wereld was je nooit een thuis geweest

en je moest, bij vreemden,
de aanspraak vinden
die hij je niet geven kon.

De jaren vielen neer op de jaren,
hoe zwaar wordt de tijd om te dragen,
als er niemand meer tijd voor je heeft.
Wat heb je dan nog geloofd, gehoopt of gehad,
vanwaar de ontembare wilskracht gehaald,
die je overeind hield, vechtensgereed,
en zo eindeloos bereid om te geven
tot het laatste geld, dat je bezat,
en wat je nog hield van je leven?

Toen kwam de avond,
een laatste maal op bezoek,

ANDRÉ DEMEDTS

Moeder

Moeder, ingekuild tussen de meubels
en het porselein, komt nog maar moeizaam
boven hout, mummelt sterfberichten
van vriendinnen.

Boekdelen van pluis schikt ze de kast in
en ze hoest het laatste restje warmte
uit haar schrale rinkelende borst;
schouderbladen van verdriet geblakerd
breken uit de rug te voorschijn.
Langzaam groeien kinderen weg
van haar schoot waarin onvruchtbaarheid
werd afgeworpen.

Dor is moeder; oud machien.
Herinnering hangt als een teder lint
van ingebruikname dwars door haar heen, maar
niemand krijgt haar nog in gang of weet
waartoe ze dient.

PETER GHYSSAERT

Moeder (II)

Ik zat met moeder aan de haard, zij breide
en ik deed niets dan cigaretten roken.
Ze zei: jongen, je moet niet zoveel roken;
je moet er vanaf morgen mee uitscheiden.

Ik ben het haardvuur nog wat op gaan stoken;
horende hoe het zachtjes in mij schreide,
omdat het niet kon worden uitgesproken
wat zich vlakbij voor eeuwig wou bevrijden.

GERRIT ACHTERBERG

Moeder, waar zijt gij? Gij hadt
altijd antwoord op mijn vragen,
gij wist waarom dit en dat,

waarom als wij samenlagen
in bed en naar boven zagen,
de kabouter vleugels had.

Waarom winter, waarom zomer,
waarom honger, waarom kou,
waarom appelen op de bomen

en de kinderen, waarvandaan
schreiend zij op de aarde komen.
Ik heb het nooit goed verstaan.

Maar nu moet gij mij vertellen,
sprookjesmoeder, lieve vrouw,
kittelend mij orelellen,

waar die kinderen henengaan.

HUBERT VAN HERREWEGHE

Ziekenbezoek

Nu weet ik nauwlijks meer wat ik hier moet.
Ik sta hier met een pover zakje vruchten
en overweeg of ik nog zal ontvluchten:
het riekt zo wee naar chloroform en bloed.

Daar wikt een berrie met onhoorbare spoed.
Een deur ontkent hardnekkig doodsgeruchten.
O moederlief, hier, in een poel van zuchten,
vind ik u weer en weet niet wie ik groet.

Gij ziet zo moe, zo wit, zo overwonnen;
het daglicht kleeft zo geel en zo geronnen
op dit verziekt en klamme middaguur.

De dood gaat peinzend om van buur tot buur
of plukt verstrooid de schilfers van de muur,
maar heeft zich op zijn keuze reeds bezonnen.

GERARD DEN BRABANDER

De Wolken

Ik droeg nog kleine kleren, en ik lag
Lang-uit met moeder in de warme hei,
De wolken schoven boven ons voorbij
En moeder vroeg wat 'k in de wolken zag.

En ik riep: Scandinavië, en: eenden,
Daar gaat een dame, schapen met een herder –
De wond'ren werden woord en dreven verder,
Maar 'k zag dat moeder met een glimlach weende.

Toen kwam de tijd dat 'k niet naar boven keek,
Ofschoon de hemel vol van wolken hing,
Ik greep niet naar de vlucht van 't vreemde ding
Dat met zijn schaduw langs mijn leven streek.

– Nu ligt mijn jongen naast mij in de heide
En wijst me wat hij in de wolken ziet,
Nu schrei ik zelf, en zie in het verschiet
De verre wolken waarom moeder schreide –

MARTINUS NIJHOFF

Moeder

Als vader slaapt gelijk een rustig beest,
en in zijn droom herkauwt en zalig lacht,
dan ligt gij wakker, starend in den nacht,
en roept uw zoons en dochters voor den geest.

Zij zijn gevloôn, als gieren voor 't tempeest,
met stukken van het oude nest bevracht,
waarin gij dubbend op hun terugkeer wacht,
maar op de klok het woord des tijds niet leest.

Laat niet uw dagen slinken in verdriet;
geen macht die tanden aan uw mond verstrekt,
of ooit weer zog in uwe borsten wekt.

Er is niets aan te doen, zoals gij ziet.
Drink dus een borrel bij een passend lied,
daar schele Piet reeds met uw tenen trekt.

WILLEM ELSSCHOT

Moeders en zonen

Wanneer de moeders eindelijk slapen
verflauwt de onlust van de zonen.
Zij leven op en wrijven zich de handen:
de nacht is pas begonnen.

Het uur van misdaden en dromen
heeft reeds geslagen.
De straten zijn vol levensgrote meisjes,
ontvoeringen en drinkgelagen.

De zoon verlaat het huis, treedt als een zon naar buiten
in de sneeuw van het geluk, het liefdeloze
barmhartige genot, het boze, niet het broze,
maar 't harde en genadeloze.

En hij is vrij, vrij om te sterven,
zoals een wees, een wolf, een lied
dat wordt gezongen voor de sterren.
Maar moeders slapen niet.

ADRIAAN MORRIËN

Samen

Moeder, gij hebt mij moeizaam uitgespuwd
En van elk jaar de harde striem verdragen
Want mijn waaien was niet gauw geluwd
Ik wou eerst in alle kieren klagen.

In uw hagelwit harnas gemetseld
Zijn wij samen door de tijd verwond
Die ons nimmer wilde dragen
En bittere lijnen kerfde rond de mond:

Of er een vrucht is van dat alles
Vraag ik mij niet langer af,
Maar ik probeer u te benaderen,
Nog even, voor het graf.

JOTIE T'HOOFT

Nu

Nu ik wat vrouwen heb gehad keert mijn moeder terug,
niet zoals ze nu is, zoals ze was, ik zie haar niet

de was doen aan de oever van een rivier, zoals dichters
dat zien, de was doen met je haren hangend voor je ogen,

moeder, draag mij naar zolder in je wastobbe, zo zie
ik haar niet, maar meer voorovergebogen, de kale aarde

boenend zonder ondergoed in een gele ochtendjas,
boenend tot alles gaat blinken.

ROGI WIEG

Moederken

'tEn is van u
hiernederwaard,
geschilderd of
geschreven,
mij, moederken,
geen beeltenis,
geen beeld van u
gebleven.

Geen teekening,
geen lichtdrukmaal,
geen beitelwerk
van steene,
'ten zij dat beeld
in mij, dat gij
gelaten hebt,
alleene.

o Moge ik, u
onweerdig, nooit
die beeltenis
bederven,
maar eerzaam laat
ze leven in
mij, eerzaam in
mij sterven.

GUIDO GEZELLE

Ik wil den lof van mijne dode moeder zingen.
Zij was geen heilge vrouw, zij was een vrouw,
met al haar deugden, zwakten en aarzelingen,
vaak onberekenbaar doch steeds zich zelf getrouw.

Een werkslaaf en een slavendrijver heel haar leven,
die nooit kon vragen – altijd bereid te geven –
hard voor zich zelf en die van anderen verwachtte
dat z'even taai en dapper zouden zijn in daden en gedachten.

Een vrouw vol donker vuur en kracht, vol vlugge, vinnige spot,
misprijzend voor de vrouwen, opkijkend naar den man,
noch duldzaam noch gelaten, steeds meester van haar lot,
die dronk, van haar beperkt bestaan, het onderst uit de kan.

Trots op haar zonen maar te trots om toe te geven
dat zij haar naam glorie en luister hadden bijgezet.
Dat hoorde zó, zij zou het nooit vergeven
hebben, ware het niet zo geweest, want d'ijzeren wet

van haar geweten was arbeid en ambitie. Bij dagen
was zij stug en bot, dan weer een ruisende fontein
van dartle woorden, scherp'herinneringen, bij vlagen
licht ontroerbaar, lijk een kind dat niet redelijk kan zijn.

Bijna een eeuw heeft het geduurd vooreer zij weigerig ontdekte
dat haar broos lichaam niet meer luisterde naar haar stalen wil,
tot zij doodmoe de wereld losliet en haar povere leden strekte.

Zó werd het grote vuur dat ze geweest was, op een gure winter-
avond, eindlijk kil.

MARNIX GIJSEN

Heimwee

Moeder, toen 'k lang geleden nog 'uw jongen',
Uw blijde eerstling was en nauw geboren,
Had ik u eens, voor énen dag verloren –
En 't eerste leed was aan mijn hals gesprongen.

Toen, weer terug, heb ik mijn hoofd gedrongen
Aan uw warm hart, gefluisterd aan uw oren,
Om weer uw zoete moederwoord te horen –
Toen hebt gij mij zachtjes in slaap gezongen.

Moeder, ik ben alleen in verre landen!
Ik kan niet meer in uwe ogen lezen,
Ik kan niet schreien in uw milde handen.

O! mocht ik ééns nog aan uw schoot genezen!
Nog éénmaal toeven bij die trouwe wanden –
Moeder! nog ééns uw 'arme jongen' wezen!

C.S. ADAMA VAN SCHELTEMA

Moeder

Mijn moeder is een grijze vrijdagmorgen:
zij moet de kamer doen; stof beeft;
dan dweilen, voor het eten zorgen,
zien wat van gisteren overbleef.

Ik ben in haar liefde geborgen,
die elk verraad der wereld overleeft:
wie ik ook werd, wij eten overmorgen
de koek die zij gebakken heeft.

Wanneer de zondagmorgen is ontloken
staat heel haar wezen in de blijde bloei,
waarin mijn wezen moet zijn aangebroken,

omdat ik dan niet meer gevoel
hoe door de dood is aangestoken,
wat bij een andere vrouw begon.

GERRIT ACHTERBERG

Brief aan mijn moeder

lieve moeder,
ik stuur je weer een tas wasgoed
waaronder drie luiers
die we vast gekocht hebben voor de baby
maar

denk niet
te veel aan de tijd dat ik zelf nog zo klein was,
– toen ik voor het eerst met mijn handje kon zwaaien
was het afscheid al nabij –
ik kan de tijd alleen met gedichten stilzetten
en draag ze ook aan jou op
denk daarom onder het wassen
niet te veel aan de dood

en breng behalve de tas zaterdag
je begrafenisverzekering mee

ARIE GELDERBLOM

De moeder

Moeder, nu ga je sterven
Je weet al niet meer waar je bent
Je laat je plas weer lopen
Je rochelt als een ouwe vent
Zeg niet dat het onverwacht komt
Je kraakte als een vermolmde brik
Na je levenslang geweeklaag
Is het wachten op je laatste snik

Moeder, nu ga je werk'lijk
Ik moet zeggen: Het werd tijd
Straks loop ik misschien wat lichter
Ik smeek je moeder, overlijd
Naast de stofzuiger gevonden
Die de hele ochtend had geloeid
Geheugenloos en je urine
Had het halve tapijt besproeid

Je had zelfs geen mulo moeder
Maar je was heel je leven leep genoeg
Zwak en willoos, maar je zorgde
Dat ik je als een kleuter droeg
Ik tors je nog mee op mijn schouders
Vijfendertig, half gek
Moeder, stijg af! Mijn knieën knikken
En je kruis plakt in mijn nek

Ik weet wel dat je murw gebeukt werd
(Een oorlog waar je van verloor)
Maar dat maakt je gewicht niet minder
Moeder, schenk je zoon gehoor

Je bent oud en wijs genoeg nu
Stijg eind'lijk af op eigen kracht
En verdwijn zonder je nood te klagen
Verdwijn zwijgend in de nacht

HANS DORRESTIJN

Een oudt liedeken

NAAR JEAN RICHEPIN

Tzag eens een knape stervensgeern
een valse, wrede, boze deern.

Zei totten knape: 'haal mi terstond
din moeders herte voor minnen hond.'

Hi ging en sloeg sin moeder dood
en vluchtte mettet herte rood.

Mer twijl hi loopt, stuikt oppen steen
en valt, – dat erme hert meteen.

Al botsen op de harde baan,
ving plots dat hert te spreken aan;

Al wenen vinget te spreken aan:
'Och, jonge, hebs di zeer gedaan?'

VICTOR DE LA MONTAGNE

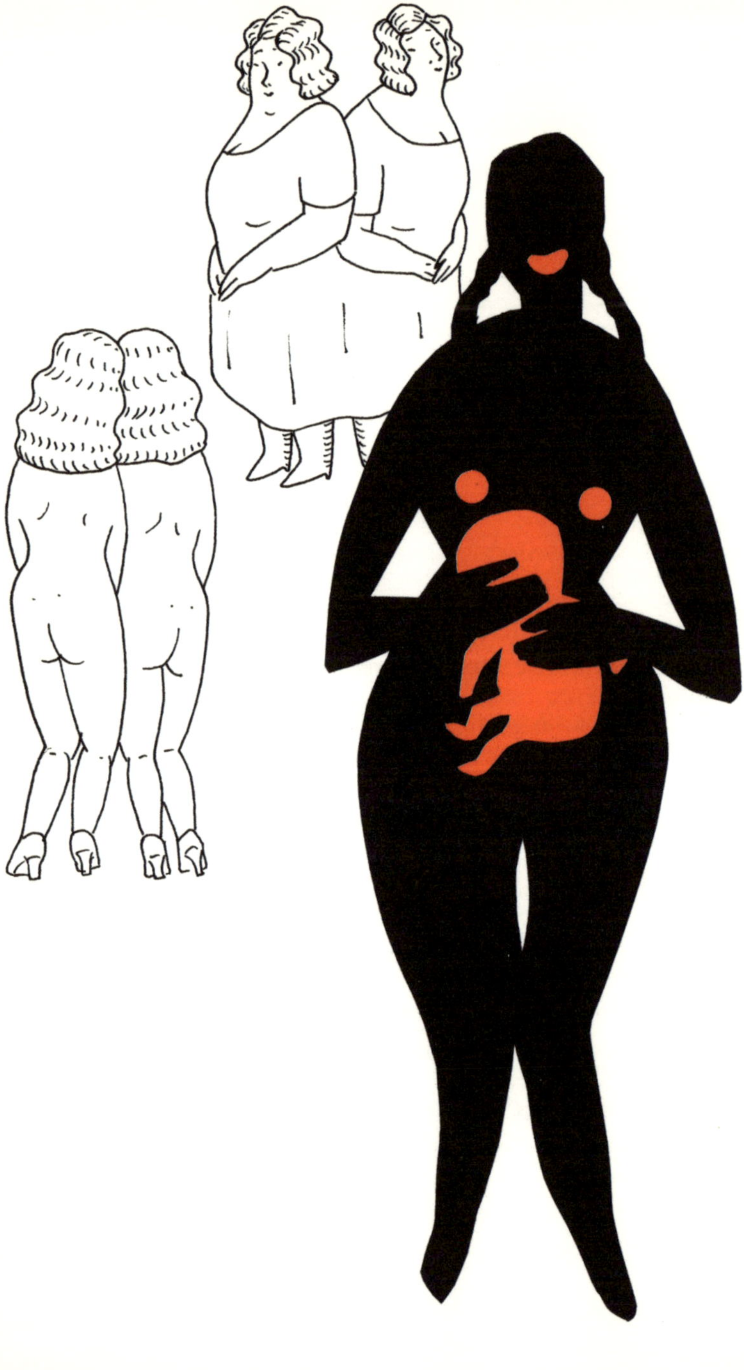

Zo moeder, zo dochter

Misschien wordt ze te gevaarlijk,

wordt het tijd dat ik vlucht

Raad

Neem nooit een dichter, m'n dochter.
Zo een met een dichterskop,
zo eentje met lange haren,
zo een op een zolderkamer,
zo een wordt er ook met de jaren
niet monogamer op...

Wat jij in hem liefhebt, dochter,
staat al in zijn bundeltje *Donkere sneeuw*.
Daarin staat al het verhevene.
De rest krijg je 's morgens bij zevenen
thuis. Als een meeuw.

Neem liever de kruidenier, dochter.
Want alle tederheid die bij hem
uitstijgt boven de kersenjam
en boven de kleine zakjes blauw,
dochter, is altijd voor jou.

ANNIE M.G. SCHMIDT

Moeder en dochter

Naarmate de jaren kariger
wordt de moeder wilder, stiller
of hariger, raakt haar behang
verschoten of opnieuw bespoten
met rozen of nog moderner motieven

De dochter verbaasd en mager staat
nog maar net op een kier: dat zij een dier
is weet zij zo onderhand wel maar
alleen bij haar volle verstand en dan
slechts van de hoed nog de rand

Zij slipt in haar sandalen en kan
nog alle kanten op, sip en mismoedig
zich vervelen of wild wervelen in
haar eentje zodat de moeder of zij wil
of niet wel moet en dat ook doet.

J. BERNLEF

Nu ken je haar

Een oude moeder, een oude dochter traag
spreken de buiken, borsten wijzen de aarde
aan, hoe vaak raapten ze elkaar

op van de straat, lepelden elkaars
namen behoedzaam naar donkere vochtige ruimtes,
naar binnen? Nu is ze dood. Je tong

tast langs je lippen, je slikt het zout,
slurpt water, woede, je mond zuigt bitterzoet
snuffelt je neus langs haar geur,

luistert je oor aan haar lawaai, kruisigt
je blik haar lichaam stuk. Nu ken je haar.
Nu gaat ze nooit meer over.

JANE LEUSINK

Zoiets simpels

Het is vaak zoiets simpels, het is
gemis van je stem bijvoorbeeld, geen
verhaal over landschappen meer, geen
gedoe met je was, je kleren

onaangeroerd in de kast. Het is van je handen
op zoek naar houvast de afdruk nog weten
op leuningen en deurpost en je voetstappen
op het parket en de trap, dat zo willen
laten, bedenken: poetsen en wrijven is
slinks de tijd verdrijven, jouw tijd

moet hier blijven. Het is
zo simpel en groot als huilen
bij meikersen, appelstroop in de schappen
en geitenkaas op het brood

HESTER KNIBBE

Mijn moeder die je verder met geen stok het ijs op kreeg
kookte in het schaatsseizoen enorme pannen erwtensoep
en deelde deze uit vanaf de steiger voor ons zomerhuisje

de soep genoot een faam tot ver achter de dijken
men reed er graag een plas voor om of kluunde zich de bramen
een enkeling trotseerde een nat pak onder de brug

slechts éénmaal is zij ingegaan op een verzoek om het recept
een vage kennis wou het sturen naar zijn zus in Amerika

in de lente kregen we een kaart: *we really enjoy your erwtensoep,*
we nemen elke dag een stukje bij de koffie

INGMAR HEYTZE

Mother

I have a happy nature,
But Mother is always sad,
I enjoy every moment of my life, –
Mother has been had.

She said...

She said as she tumbled the baby in:
There, little baby, go sink or swim,
I brought you into the world, what more should I do?
Do you expect me always to be responsible for you?

The White Thought

I shall be glad to be silent, Mother, and hear you speak,
You encouraged me to tell too much, and my thoughts are weak,
I shall keep them to myself for a time, and when I am older
They will shine as a white worm shines under a green boulder.

STEVIE SMITH

Op een dag

Op een dag spuwde mijn moeder
me uit, het was aardbeientijd,
ze was kwaad want ze had net
een groot bord vol geplukt
toen ik haar relatieve rust
– een man, een kind, een portie
aardbeien – kwam verstoren.

Ik had de haren van
een vreemde en krijste hard en blauw,
mij gaven ze een tik
om me te doen zwijgen.
Toch gooide ze me niet weg.

Integendeel, elke dag
bedelt ze om een stukje
van mijn lijf, gisteren
peuzelde ze aan mijn wimpers
en ze sneed ook al lapjes
van mijn rug.

Misschien wordt ze te gevaarlijk,
wordt het tijd dat ik vlucht,
maar het wordt ook steeds
moeilijker, vanmorgen pikte ze zelfs
mijn voeten ik.

JO GOVAERTS

Is het vandaag of gistren

Is het vandaag of gistren, vraagt mijn moeder,
bladstil, gewichtloos drijvend op haar witte bed.
Altijd vandaag, zeg ik. Ze glimlacht vaag
en zegt: zijn we in Roden of Den Haag?
Wat later: kindje ik word veel te oud.
Ik troost haar, dierbare sneeuwwitte astronaut
zo ver al van de aarde weggedreven,
zo moedig uitgestapt en in de ruimte zwevend
zonder bestek en her en der.
Zij zoekt – het is een s.o.s. –
haar herkomst en haar zijn als kind
en niemand niemand, die haar vindt
zoals zij was. Haar franse les
herhaalt zij van haar achtste jaar:
'bijou, chou, croup, trou, clou, pou, où,
die eerste juffrouw, weet je wel
die valse ouwe mademoiselle
hoe heet ze nou. Ik ben zo moe.'

Had ik je maar als kind gekend,
die nu mijn kind en moeder bent.

M. VASALIS

The Virtuoso

The portrait of my mother,
In plaster lightly scored,
Has always protected me
From anything untoward;
In Manchester or Italy,
Wherever I have toured,
Upon its plinth
It beholds the zenith
Of my success on the pianoforte;
I ask no further reward,
I ask no further reward.

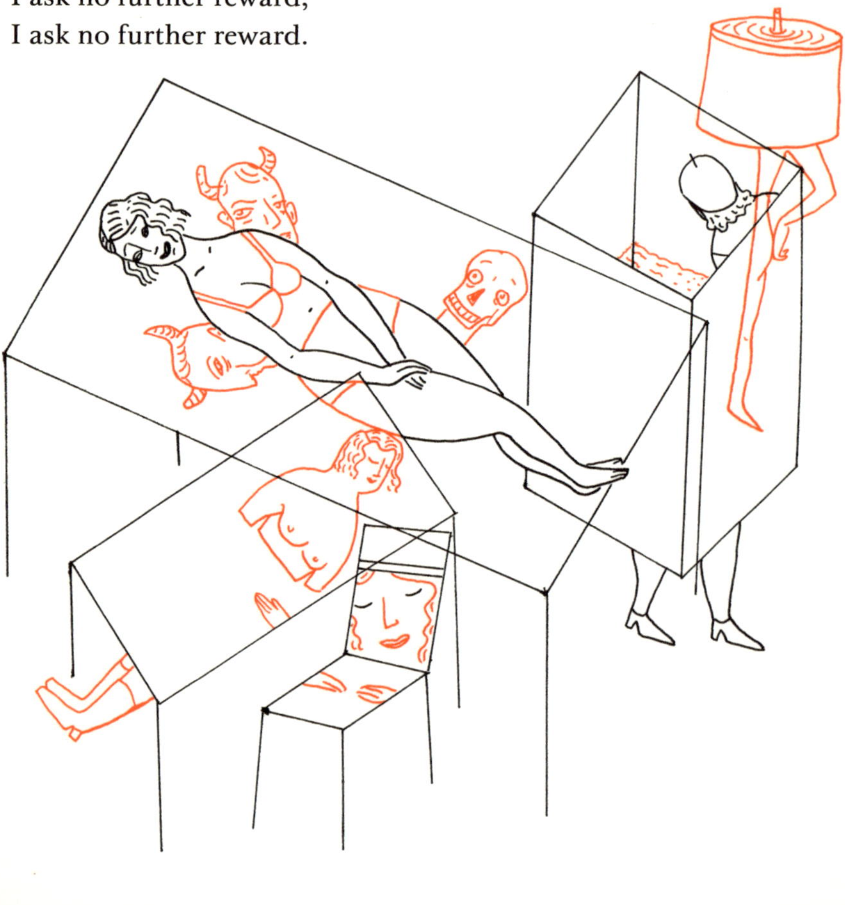

The Sad Mother

Darling little baby child,
You lie upon my breast so
    mild,
Later you must learn to
    creep,
But now you are entirely free
    to wake or sleep.

Jumbo

Jumbo, Jumbo, Jumbo darling, Jumbo come to Mother.
But Jumbo wouldn't, he was a dog who simply wouldn't
    bother
An ugly beast he was with drooping guts and filthy skin,
It was quite wonderful how 'mother' loved the ugly thing

STEVIE SMITH

De thee die is wat slap
Maar lang leve
het moederschap

en spaghetti voor de kinderen

Het huwelijk

Ik heb je alles gegeven:
een gedicht, mijn maandsalaris
en een kind; wil je nu even
kijken of het eten klaar is?

A. MARJA

Wat moet het ***voedende moedertje*** *eten?*

Voor het welzijn van moeder en kind is een aangepaste voeding uiterst belangrijk. Zij heeft reeds invloed vóór de conceptie, deze duurt voort tijdens de zwangerschap en gedurende de maanden dat de jonge moeder haar kindje voedt. De voeding moet vooral goed berekend worden als het aanstaande **moedertje** behoort tot de categorie vrouwen meer vatbaar tot nutritionele defekten. Voor haar bestaat gevaar voor bloedarmoede en andere tekorten. Jonge **moedertjes** beneden de twintig jaar behoren tot deze categorie en zij zijn, in de huidige jaren van vroegtijdige huwelijken, niet zeldzaam; om te doen zoals anderen en om haar slanke lijn te behouden eet het jonge **vrouwtje** gewoonlijk weinig en volgt ze een merkwaardig dieet van zeer slecht geëquilibreerde voeding. Men kan zelfs zeggen dat aan de gezinstafel het jonge meisje meestal het minst goed eet en als dit dan nog niet volwassen meisje trouwt en zwanger wordt moet haar organisme instaan voor meer eisen. Zo de voedingstoestand al dan niet gunstig was voordien, hoe wil zij dan voorzien in de behoeften van haar eigen verdere groei en in de eisen van het babytje dat zij draagt. Haar behoeften zijn groter dan van een zwangere vrouw op normale leeftijd, zij staan vrijwel gelijk met deze van de voedende vrouw.
Er begint voor U een grootse taak... deze tot een goed einde leiden vraagt veel liefde, veel kennis, veel toewijding.
Jonge moeders, uw opvoeding moet van uw kindje een sterk en gezond mens maken.

AGENDA VAN HET WIT-GELE KRUIS, 1954

Wat krijgen de kindertjes te eten op vakantie in 1978

Aankomst in Biscarosse
camping "La Rive" om 10 min. voor 5 uur 's namiddags

's nachts regenweer
zijn er zot van.

alles kletsnat.

Om 10.30u. aankomst in Cognac, bezoek gebracht aan de kelder van het kasteel van Baron Otard vlak aan de Charente cognac geproefd – en 3 flessen cognac meegenomen 150 FF.
Cognac van 10 à 15 jaar.

Gans de voormiddag geregend, 's namiddags opklaringen, naar 'Biscarosse plage' hebben daar de verse oesters gekocht.

Kinderen allemaal kletsnat van over de baren te springen
15 + 9 + 82 + 6 + 22 = 134,–FF uitgegeven vandaag.

Om 10.30u. vertrokken naar Arcachon et Oune de plat.

's namiddags aan het strand.
lekker bruinen.

's avonds: oesters met witte wijn
spaghetti voor de kinderen
verse tonijn in de pan voor ons.

± 120,–FF.

vandaag rustdag
kampplaats in orde maken en rustig aan.

Gas voor de koelkast.

121,– + 13,– + 12,– = 146,–

Moeders slaopliedeke

Het zunneke is er al ondergegaon;
Het maontje klimt langzaom umhoog,
En tuurt, koekeloerend deur 't loof van de laon,
Naor binnen met vriendelik oog;
Het vraogt of de kiendjes naor bed zin gebracht,
En zeit tot ons jungske: slaop wel, goeje nacht!

De vleugeltjes zingen en vliegen nie meer,
Ze sluumren ien 't gruun van de boom',
De kupkes gedekt onder vleugel en veer,
En dromen 'en lieflike droom;
De vleermuuskes fladdren en fluustren zacht:
't Is tied veur 'et jungske; slaop wel, goeje nacht!

Alle eendekes zwemmen ien 't waoter nie meer,
Ze hompelden kwakkend naor 't hok;
Het haontje riep kukelekuu! nog 'en keer
En goeng met de kiepkes op stok;
De kikkertjes kwaoken ien 't lies van de gracht
Hun lied veur 'et jungske: slaop wel, goeje nacht!

Slaop wel, goeje nacht! roept 't jungske hun toe
Mèt dat ie ien 't kribbeke stapt;
Dan kriegt ie op 't veurheufd 'en kruuske van moe,
Een kus op 'et munje dâ 't klapt;
Gods Engeltje houdt bij zien bedje de wacht:
Tot mergen, mien jungske; slaop wel, goeje nacht!

BERNARDUS VAN MEURS

moederne

Verantwoording

Gerrit Achterberg 'Moeder (II)'
uit: *Alle gedichten*, Athenaeum-Polak & Van Gennep, Amsterdam, 2005

Anonymus 'Wiegelied'
uit: *De terwe*, Victor Delille, Maldegem, 1903

F. Harmsen van Beek 'De geschiedenis van in de trein'
uit: *Kus of ik schrijf*, De Bezige Bij, Amsterdam, 1979

J. Bernlef 'Moeder en dochter'
uit: *Achter de rug: gedichten, 1960-1990*, Querido, Amsterdam, 1997

Jan Boerstoel 'Geen kind meer'
uit: *Veel werk*, Bert Bakker, Amsterdam, 1993

Gerard den Brabander 'Ziekenbezoek'
uit: *Verzamelde verzen*, Van Oorschot, Amsterdam, 1984

Gaston Burssens 'De vergeten moeder'
uit: *Alles is mogelijk in een gedicht*, Meulenhoff|Manteau, Antwerpen/Amsterdam, 2005

Lewis Carroll 'A Nursery Darling'
uit: *The Works*, Feltham, Londen, 1968

Hugo Claus 'De moeder'
uit: *Gedichten 1948-1993*, De Bezige Bij, 1994

René de Clercq 'De bietebauw'
uit: *Gedichten*, Van Looy, 1907

Herman de Coninck 'Mijn moedertje'
uit: *De gedichten*, De Arbeiderspers, 1998

André Demedts 'Moeder'
uit: *Verzamelde gedichten*, Davidsfonds, Leuven, 1995

Gerda Dendooven — **Fragment** uit de theatervoorstelling *Zetelzucht*, 2006

Hans Dorrestijn — 'Moederdag'
'De moeder'
uit: *Nu de liefde me zo tegenzit*, Nijgh & Van Ditmar, 2005

Jan Eijkelboom — 'Voor wat hoort wat'
uit: *Tot zover*, De Arbeiderspers, Amsterdam, 2002

Willem Elsschot — 'Moeder' ['Als vader slaapt gelijk een rustig beest']
'Moeder' ['Mijn moederken, ik kan het niet verkroppen']
'Spijt'
uit: *Verzen*, Athenaeum-Polak & Van Gennep, Amsterdam, 2004

Anna Enquist — 'Tegen de groei'
'Een menigte'
uit: *Alle gedichten*, De Arbeiderspers, Amsterdam, 2005

Jan Geerts — 'Een moeder'
uit: *Tijdverdriet en andere seizoenen*, P, Leuven, 2004

Arie Gelderblom — 'Brief aan mijn moeder'
uit: *Zwijgen om woorden*, De Bezige Bij, 1975

Ida Gerhardt — 'De toverwoorden'
uit: *Verzamelde gedichten*,
Athenaeum-Polak & Van Gennep, Amsterdam, 1999

Guido Gezelle — 'Moederken'
uit: *Dichtwerken*, Veen, Amsterdam, 1913

Peter Ghyssaert — 'Moeder'
uit: *Honingtuin*, Bert Bakker, Amsterdam, 1991

Marnix Gijsen — 'Ik wil den lof van mijne dode moeder zingen'
uit: *Het Huis*, J.M. Meulenhoff, Amsterdam, 1981

Maurice Gilliams — 'Bronnen der slapeloosheid (VIII)'
uit: *Bronnen der slapeloosheid*, J.M. Meulenhoff, Amsterdam, 2003

Jo Gisekin 'Poëtisch'
'Moe gedicht'
uit: *Klein huisboek*, Orion, Beveren-Waas, 1982

Jo Govaerts 'Op een dag'
'Ik zit in bad'
uit: *Waar je naar zit te kijken*, Kritak, 1994

Jacques Hamelink 'Je gebit liet je trekken'
uit: *Tweede gedichten*, Querido, Amsterdam, 1993

Jac. van Hattum 'Moeder'
uit: *Verzameld werk*, Van Oorschot, Amsterdam, 1993

Hubert van Herreweghen 'Moeder, waar zijt gij? Gij hadt'
'Moeder, hoort gij mij, ik roep'
uit: *Verzamelde gedichten*, Lannoo, Tielt, 1986

Ingmar Heytze 'Erwtensoep'
uit: *Het ging over rozen*, Podium, Amsterdam, 2002

Jotie T'Hooft 'Samen'
uit: *In mij is onstuitbaar de doodsbloem ontloken*, Manteau, 2006

Ed Hoornik 'Geboorte'
uit: *Verzamelde gedichten*, J.M. Meulenhoff, Amsterdam, 1972

Tjitske Jansen 'Dit is een brief'
uit: *Het moest maar eens gaan sneeuwen*, Podium, Amsterdam, 2003

Karel Jonckheere 'Moeder'
'Heimwee naar moeders woordenschat'
'De lente als geschenk'
uit: *Poëtische inventaris*, Paris/Manteau, Brussel, 1973

Pierre Kemp 'Moeder en kind'
uit: *Verzameld werk*, Van Oorschot, Amsterdam, 1976

Hester Knibbe 'Zoiets simpels'
uit: *Verstoorde grond*, De Prom, 2002

Rutger Kopland 'Een moeder'
uit: *Gedichten*, Van Oorschot, 1999

Anton Korteweg 'Geboorte'
uit: *Met flinke pas*, Meulenhoff, 2003.

Jo Landheer 'Bij een dode moeder'
uit: *Verzamelde gedichten*, A.A.M. Stols, Den Haag, 1954

Patricia Lasoen 'Weet je het nog: het nauw van Calais?'
uit: *Landschap met roze hoed*, Manteau, Antwerpen, 1981

Freek van Leeuwen 'De moeder'
uit: *Door het donker*, Solidariteit, Hilversum, 1934

Jane Leusink 'Nu ken je haar'
uit: *Erato*, Mozaïek, Zoetermeer, 2005

Maurits van Liedekerke 'De bleekweide'
uit: *Huis van gras*, Facet, Antwerpen, 1987

Peter van Lier 'De jonge moeder'
uit: *Miniem gebaar*, Meulenhoff, Amsterdam, 1995

Ted van Lieshout 'Moeder'
uit: *Jij bent mijn mooiste landschap*,
Leopold, Amsterdam, 2003

Gwij Mandelinck 'Mijn moeder is niet ver'
uit: *De wijzers bij elkaar*, Orion, Brugge, 1974

Cathy Mara 'Er geuren aldoor'
uit. *Gedichten van vroeger*,
De Bezige Bij, Amsterdam, 1986

A. Marja 'Het huwelijk'
uit: *Traject*, De Arbeiderspers, Amsterdam, 1955

Bernardus van Meurs 'Moeders slaopliedeke'
uit: *Kriekende Krietske*, Van Rossum, Utrecht, 1879

Neeltje Maria Min — '1944'
uit: *De gedichten*, Bert Bakker, Amsterdam, 1989

Bart Moeyaert — 'Godzegentje'
uit: *Broere*, Querido, Amsterdam, 2001

Victor de la Montagne — 'Een oudt liedeken'
uit: *Gedichten*, Maatschappij voor Goede en Goedkoope Lectuur, 1913

Adriaan Morriën — 'Moeders en zonen'
'Dag en nacht'
'Willekeur'
uit: *Verzamelde gedichten*, Van Oorschot, Amsterdam, 1993

Martinus Nijhoff — 'De Wolken'
uit: *Verzamelde gedichten*, Bert Bakker, Amsterdam, 2001

Drs. P — 'Een moederhart'
uit: *Toenemend feestgedruis*, Nijgh & Van Ditmar, Amsterdam, 2004

Maja Panajotova — 'Moeder'
uit: *Verzwegen alibi*, Manteau, Antwerpen, 1983

E. du Perron — 'Het Kind dat wij waren'
uit: *Parlando. Verzamelde gedichten*, Van Oorschot, 1975

Michel van der Plas — 'Going my way'
uit: *Verzamelde gedichten*, Anthos, Baarn, 1993

Gerard Reve — 'Droom'
uit: *Verzamelde gedichten*, De Bezige Bij, 2003

A. Roland Holst — 'Zijn moeder'
uit: *Gedichten 1911-1976*, Meulenhoff/Manteau, Antwerpen/Amsterdam, 2004

C.S. Adama van Scheltema — 'Heimwee'
'De moeder'
uit: *Verzamelde gedichten*, W.L. en J. Brusse's uitgeversmaatschappij, Rotterdam, 1934

Annie M.G. Schmidt 'Ongelukje'
'Over tijd'
'Moeder dicht'
'Raad'
uit: *Tot hier toe*, Querido, Amsterdam, 1987

Patty Scholten 'Weg'
uit: *Traliedieren*, Atlas, Amsterdam, 1999

Stevie Smith 'Mother'
'She said'
'The White Thought'
'The Virtuoso'
'The Sad Mother'
'Jumbo'
uit: *Collected poems*, New Directions, 1983

J.H. Speenhoff ''t Broekie van Jantje'
uit: *De beste gedichten*, Bzztôh, Den Haag, 1980

M. Vasalis 'Is het vandaag of gisteren'
uit: *Verzamelde gedichten*, Van Oorschot, 2006

Guus Vleugel 'Abah abortus'
uit: *Na de seksuele revolutie*, Nijgh & Van Ditmar, Amsterdam, 1999

Hendrik de Vries 'Het kleine meisje had groot verdriet'
uit: *Een raadsel in de nacht*,
Meulenhoff/Manteau, Antwerpen/Amsterdam, 2006

Alfred Weustenraad 'Zaterdagavond'
uit: *Gedichten*, Roeselare, 1881

Rogi Wieg 'Nu'
uit: *Het boek van de beminnelijkheid*,
De Arbeiderspers, Amsterdam, 2000

Willem Wilmink ''s Avonds laat'
uit: *Verzamelde liedjes en gedichten*,
Bert Bakker, Amsterdam, 2006

Meulenhoff | Manteau

Mechelsesteenweg 203, B-2018 Antwerpen
Nieuwe Spiegelstraat 36, NL-1017 DG Amsterdam
www.manteau.be | www.meulenhoff.nl

Boekverzorging: Dooreman & Houbrechts
Zetwerk: Karakters, Gent

Eerste druk mei 2007
Tweede druk juni 2007

ISBN 978 90 8542 070 5
NUR 306
D/2007/0034/56